Eduardo Henrique
Para um menino
muito especial meu
grande amor e c
De tia
Francisca
13.11.08

A NOVA VIAGEM DE HEITOR

À procura do tempo que passa

François Lelord

A NOVA VIAGEM DE HEITOR

À procura do tempo que passa

Tradução
Ana Montoia

Sá editora

Título do original em francês:
Le nouveau voyage d'Hector à la poursuite du temps qui passe

Capa
Hélio de Almeida

Ilustração de capa
Laurabeatriz

Revisão
Arlete Sousa

Projeto gráfico (miolo)
Eveline Teixeira

Impressão
Bartira Gráfica e Editora S/A

Dados Internacionais de Catalogação na Publicação (CIP)
(Câmara Brasileira do Livro, SP, Brasil)

Lelord, François
A nova viagem de Heitor : à procura do tempo que passa / François Lelord ; tradução Ana Montoia. – São Paulo : Sá Editora, 2007.

Título original: Le nouveau voyage d'Hector.
ISBN 978-85-88193-33-8

1. Ficção francesa 2. Psiquiatras – Ficção
I. Título.

07-8983 CDD - 843

Índices para catálogo sistemático:
1. Ficção : Literatura francesa 843

SÁ EDITORA
Tel./Fax: (11) 5051-9085
E-mail: atendimento@saeditora.com.br
www.saeditora.com.br

Àquelas e àqueles que inspiraram Heitor

Heitor não é mais um jovem psiquiatra

Era uma vez um jovem psiquiatra chamado Heitor.

Quer dizer: Heitor não era mais exatamente um jovem psiquiatra. Mas também não era ainda um psiquiatra velho. Veja bem: de longe, você poderia tomá-lo por alguém ainda jovem, um estudante, talvez; olhando mais de perto, porém, notaria que ele já era um doutor de verdade, e com certa experiência.

Para um psiquiatra, Heitor tinha uma grande qualidade: quando alguém falava com ele, costumava ouvir e refletir sobre o que lhe diziam. As pessoas que iam vê-lo apreciavam-no bastante por causa disso: tinham a impressão de que ele pensava em seu caso (o que era verdade, quase sempre) e que ele encontraria uma maneira de elas melhorarem.

No início de sua carreira, Heitor tinha criado o hábito de revirar o bigode quando pensava muito, mas agora ele não usava mais bigode. Quando era ainda um principiante, tinha deixado crescer o bigode para parecer mais velho; hoje, não valia mais a pena, já que não era mais exatamente um jovem psiquiatra. O tempo tinha passado, como se diz.

Mas o tempo não tinha passado para os móveis de seu consultório. Ainda era o mesmo consultório de quando começara, tinha o mesmo divã de modelo antigo que sua mãe lhe dera quando ele se instalou, alguns quadros bonitos de que gostava muito e até uma estatueta que um amigo tinha trazido do país dos esquimós: um urso transformando-se em águia, o que, convenha, é bem original para um consultório psiquiátrico. Às vezes, quando Heitor sentia-se um pouco preso ouvindo as pessoas, ele olhava para o urso de grandes asas no quadro e sonhava que era ele mesmo quem voava. Mas não devaneava assim por muito tempo. Logo se sentia culpado por não escutar com atenção a pessoa sentada ali, diante dele, contando as suas tristezas. Heitor era consciencioso.

Em geral, Heitor atendia adultos que decidiam procurar um psiquiatra porque estavam muito tristes, muito inquietos ou nada satisfeitos com a vida que levavam. Ouvia-os, fazia perguntas e, às vezes, também lhes receitava pequenos comprimidos, três de uma vez em certos casos, como alguém que equilibra três bolas ao mesmo tempo, pois a psiquiatria é pelo menos tão difícil quanto os malabares.

Heitor gostava muito de sua profissão. Primeiro, porque muitas vezes tinha a impressão de ser útil. Depois, porque o que os seus pacientes contavam quase sempre lhe parecia realmente interessante.

Sabrina, por exemplo, que ia de vez em quando vê-lo, dizia coisas que o faziam refletir. Quem é psiquiatra é também um curioso e, embora as pessoas acreditem que o médico é quem sabe tudo, um psiquiatra aprende muito escutando seus pacientes.

Quando foi vê-lo pela primeira vez, Sabrina procurou Heitor porque seu emprego provocava-lhe muitas emoções difíceis de suportar. Sabrina trabalhava em um escritório e seu chefe não era nada gentil com ela. Por isso vivia chorando. E embora chorasse escondida, é claro, aquilo de qualquer forma era muito dolorido.

Pouco a pouco, Heitor fez com que ela percebesse que talvez merecesse algo melhor que um chefe grosseiro. E Sabrina ganhou confiança em si mesma e encontrou outro trabalho. E hoje ela estava mais feliz.

Com o tempo, Heitor tinha aos poucos mudado sua maneira de trabalhar: no início, sempre tentava ajudar as pessoas a mudarem de caráter; agora, ele continuava tentando, é claro, mas procurava também ajudá-las a mudar de vida, a encontrar uma vida que lhes conviesse melhor. Porque, para fazer uma bela comparação, quem é uma vaca jamais conseguirá ser um cavalo, ainda que tenha um bom psiquiatra por perto. Melhor, então, encontrar um belo pasto num lugar que precisem de leite do que tentar galopar numa pista de corrida. Melhor, sobretudo, evitar entrar numa arena, porque aí, sim, será mesmo uma catástrofe.

Sabrina não ficaria nada contente se soubesse que a comparamos com uma vaca, embora a vaca seja um animal muito doce e simpático, e uma mãe muito boa, é o que Heitor sempre achara. Sabrina era também muito inteligente, o que nem sempre a fazia feliz porque, como você talvez já tenha percebido, a felicidade está, tantas vezes, em não entender tudo.

Um dia, Sabrina disse a Heitor:

– Às vezes, digo a mim mesma que a vida é uma grande ilusão.

Heitor sobressaltou-se.

– O que você quer dizer com isso? – perguntou (ele sempre fazia essa pergunta quando não escutava direito o que o outro tinha dito.)

– Ah, a gente nasce, e logo começa a correria, ir à escola, depois trabalhar, depois ter filhos, e mais tarde seus pais morrem, e puft!, tudo se vai. E logo mais você mesmo envelhece, e morre, e pronto, acabou.

– Mas isso leva um tempo... não é?

– Sim. Mas tudo acontece rápido demais. Sobretudo, quando não temos tempo para parar um pouco. Eu, por exemplo: de dia, o trabalho e, à noite, as crianças, o marido... Ele também, o pobre, não pára nunca.

Sabrina era uma moça que tinha um bom marido (ela tinha tido um pai gentil, o que torna mais fácil encontrar um marido gentil), que trabalhava muito, como ela, em um escritório. E tinham duas crianças pequenas, a mais velha na escola.

– Tenho a impressão de que carrego um relógio na barriga. De manhã, preciso preparar tudo em casa, sair na hora certa para levar o mais velho para a escola, e depois correr para o escritório. Não posso me atrasar para todas as reuniões, mas, no meio-tempo, o resto do trabalho fica acumulado. No fim do dia, é uma correria para buscar meu filho ou voltar a tempo de dispensar a babá. E depois tem o jantar, as lições de casa... E olha que tenho sorte, meu marido me ajuda bastante. Mal dá tempo de conversar, à noite. A gente cai, literalmente, na cama, de tanto cansaço. O senhor nem sabe, doutor.

Heitor sabia muito bem e talvez fosse um pouco por isso que ele pensava tanto antes de decidir seriamente casar-se e ter filhos.

– Eu queria que o tempo andasse mais devagar, disse Sabrina. Gostaria de saborear a vida. Queria ter tempo para mim, para fazer o que eu quero.

– E as férias? – perguntou Heitor.

Sabrina sorriu.

– O senhor não tem filhos, não é doutor?

Heitor concordou. Não. Não ainda.

– Sabe? – disse Sabrina. Acho que eu venho vê-lo por isso. Essa hora da consulta é o único momento na semana em que o tempo é todo meu.

Heitor entendia muito bem Sabrina. Ele também tinha essa impressão de carregar um relógio na barriga, como todos os seus colegas, aliás. Quando você é psiquiatra, precisa prestar muita atenção ao tempo, porque se deixar seu paciente falar muito, o próximo vai ficando impaciente na sala de espera. E você acaba atrasando todas as outras consultas do dia. (Mas não é nada fácil controlar isso. Às vezes, por exemplo, quando Heitor, três minutos antes do final da consulta, começava a se mexer na poltrona para mostrar que o tempo estava acabando, a pessoa à sua frente bruscamente dizia: "No fundo, doutor, acho que minha mãe nunca gostou de mim". E começava a chorar. Não, não era mesmo fácil controlar o tempo.)

O relógio na barriga, pensava Heitor. Eis um problema de verdade para tanta gente, sobretudo para as mães. O que ele poderia fazer para ajudá-las?

Heitor e o homem que gostava de cachorros

Certo dia, Heitor escutava Fernando, um homem que não tinha nada de especial, a não ser o fato de não ter amigos. Nem mulher, nem namorada. Seria por culpa de seu modo de falar, muito monocórdico, ou pelo fato de ser parecido com um avestruz do pescoço comprido? Mesmo assim, Heitor achava muito injusto que Fernando não tivesse amigos, pois era um moço simpático e dizia coisas muito interessantes, embora um pouco esquisitas, é verdade.

Um dia, Fernando disse subitamente:

– De todo modo, doutor, na minha idade não me resta mais que dois cães e meio.

– Desculpe...? – disse Heitor. Não entendi.

Ele lembrava que Fernando tinha um só cachorro (um dia, Fernando foi ao consultório com ele, um cachorro muito educado, aliás, que tinha dormido durante toda a consulta), e não dois. E ainda mais incompreensível era essa história de um meio cachorro.

– Pois então, disse Fernando. Um cachorro vive quatorze, quinze anos, não é?

Então, Heitor entendeu que Fernando contava a vida que lhe restava em vidas de cães que ele poderia ter como companheiro. Daí, o psiquiatra se pôs a contar em vida de cachorros a vida que lhe restava (que lhe restava *provavelmente*, pois taí uma coisa que ninguém sabe o dia, nem a hora, como disse há muito tempo alguém que morreu meio jovem), e ele hesitava entre quatro e cinco. Claro que Heitor sabia que esses cálculos podiam mudar caso a ciência fizesse progressos extraordinários e permitisse às pessoas viverem mais tempo. Mas, não, mesmo assim, não mudava nada. Pois, afinal, então se alongaria também a vida dos cachorros e isso tudo, veja bem, sem nem perguntar aos cães a opinião deles a respeito.

Heitor falou dessa maneira de contar a vida em cachorros a seus amigos e eles ficaram chocadíssimos:

– Que horror!

– E mais: pensar na morte de seu cãozinho, é triste demais.

– Por isso mesmo nunca mais vou ter um. Foi uma dor terrível quando morreu o nosso Dario...

– Ai, ai, ai... Você vê mesmo umas pessoas bem louquinhas, hein!...

– Contar o tempo em cachorros! E por que não em gatos ou em papagaios?

– E se ele tivesse uma vaca? Contaria o tempo em vacas?

Ouvindo seus amigos comentarem essa idéia um tanto bizarra de Fernando, Heitor percebeu que aquilo que muito lhes desagradava era o fato de que contar a vida em cachorros fazia com que se parecesse mais curta: dois, três, quatro cachorros, quiçá cinco, não dá mesmo a impressão de que nos sobra muito tempo!

Compreendia melhor, também, porque esse modo de Fernando ver as coisas fazia um pouco de medo às pessoas. Se Fernando contasse sua vida em canários, ou em peixinhos vermelhos, ele teria tido mais amigos?

Com sua solidão e seus modos esquisitos, Fernando tinha apontado um verdadeiro problema a respeito do tempo. Muitos poetas, aliás, falaram a esse respeito desde sempre, e Sabrina também.

Os anos que voam, *o tempo que foge,* o tempo que passa rápido demais.

Heitor e o menino que queria acelerar o tempo

Às vezes, crianças também iam ver Heitor, e aí, claro, eram os pais quem tinham decidido levá-las.

As crianças que iam ver Heitor não estavam realmente doentes. Eram seus pais que achavam difícil entendê-las ou, então, tratava-se de crianças muito tristes, muito medrosas ou muito agitadas. Um dia, ele conversava com um menino que se chamava Heitor, como ele. Heitorzinho aborrecia-se muito na escola e o tempo lhe parecia passar muito lentamente. Então, ele não escutava nada, não prestava atenção em nada e depois tinha notas baixas.

Heitor grande perguntou a Heitor pequeno:

– Hoje, o que você mais gostaria no mundo?

Heitorzinho não pensou nem um segundo:

– Virar logo gente grande!

Heitor surpreendeu-se. Esperava que Heitorzinho lhe respondesse: "que meus pais casassem de novo", ou "melhorar na escola", ou "ir para a excursão nas férias com meus amigos".

Perguntou então a Heitorzinho por que ele queria virar logo um adulto.

– Para poder decidir tudo! – disse o Heitor pequeno.

Se ele já fosse adulto, explicou Heitorzinho, poderia decidir por si mesmo a que horas devia dormir, quando acordar, aonde ir nas férias, os amigos que gostaria de ver, brincar como quisesse, não ver os adultos que não quisesse ver (como a nova namorada de seu pai). Ele teria também uma profissão de verdade, pois ir à escola não era uma profissão de verdade. E mais, não é nem a gente quem escolhe, mas a gente passa horas, dias, anos, aborrecendo-se e a ver o tempo passar lentamente.

Heitor pensou que Heitorzinho fantasiava a vida dos adultos: afinal, a gente também é obrigada a fazer coisas de que não gosta, a ver gente que a gente não gosta de ver. Mas não disse isso a Heitorzinho, pois ele pensava que, por enquanto, era uma boa coisa que Heitorzinho sonhasse com um futuro feliz, pois seu presente não era lá muito alegre.

Então, ele perguntou a Heitorzinho:

– Mas, se você virasse logo adulto, isso queria dizer que você já tinha vivido um bocado de anos e que, portanto, sobraria menos tempo para viver. Você não fica chateado com isso?

Heitorzinho refletiu:

– Está certo. É um pouco como num jogo, quando temos uma "vida" suplementar a menos. É chato, mas não impede que a gente se divirta!

Depois, ele olhou para Heitor:

– E você, não fica aborrecido de já ter uma vida ou duas a menos?

Heitor grande pensou consigo mesmo que Heitor pequeno talvez um dia virasse um psiquiatra.

Heitor reflete

No final desses dias, Heitor pensava em todas as pessoas que tinha ouvido e que se inquietavam a respeito do tempo.

Pensava em Sabrina, que gostaria de retardar a marcha do tempo.

Pensava em Fernando, que contava a vida em cachorros.

Pensava em Heitorzinho, que queria acelerar o tempo.

E em muitos outros...

Heitor passava cada vez mais tempo pensando no tempo.

Heitor é conscencioso

Heitor percebeu que, caso lhe perguntassem, diria que quase todo mundo que o procurava tinha dois tipos de inquietação.

Às vezes, era o medo do tempo que passa rápido demais, um medo bem sofrido, porque você não pode fazer muita coisa contra a velocidade do tempo. É como estar num cavalo que galopa sem obedecer ao cavaleiro. Já tinha acontecido com Heitor, e ele sentiu mesmo um medo enorme.

Outras vezes, era a impressão de que o tempo passa devagar demais e, neste caso, era como estar montado numa mula que não sai do lugar. Eram os jovens, pensou Heitor, que mais reclamavam disso ou então as pessoas muito tristes que esperavam que a tristeza melhorasse e cada dia para elas parecia durar eternas semanas.

Heitor pensou que, para ajudar as pessoas deprimidas pelo tempo, poderia propor a elas pequenos exercícios de reflexão. Porque, quando você é psiquiatra, você pode, claro, dizer às pessoas o que devem fazer para se sentirem melhor, mas elas podem, é claro também, não escutar muito bem o que você diz. O melhor é ajudá-las a encontrarem por si mesmas o que lhes fará bem e o que é melhor para elas. Exercícios que ajudam a pensar era um método que Heitor gostava, e muitos de seus colegas também.

Heitor pegou seu caderninho e preparou-se para anotar. Primeiro, pensou em Fernando, e escreveu:

Exercício de tempo número 1: Conte sua vida em cachorros.

Esse era, quem sabe, um bom exercício para compreender que mais valia não esperar muito tempo para fazer as coisas que se tem vontade de fazer. Por outro lado, isso podia ser ainda mais angustiante: perceber que o tempo passa impreterivelmente rápido e, sobretudo, perceber o pouco de tempo que nos resta... Seria mesmo um bom exercício, afinal? Heitor lembrava-se de ter aprendido na escola que alguns filósofos pensavam que a vida boa era justamente aquela em que pensávamos todos os dias que um dia acabaria. Houve mesmo um filósofo que fazia com que tocassem uma música todas as noites na hora de ele dormir. Os cantores vinham ao pé de sua cama para cantar: "Ele viveu!", como se, a cada vez, fosse o seu enterro. Mas Heitor sabia-o bem: tem gente um pouco louca, mesmo entre os filósofos (não vá repetir isso por aí, nem entre os psiquiatras).

Heitor pensou em Heitorzinho.

Exercício de tempo número 2: Faça a lista do que você queria fazer na vida quando era criança e sonhava em ser gente grande.

De novo, isso poderia ajudar as pessoas a se apressarem a fazer o que tinham vontade. Mas poderia também desencorajá-las, caso pensassem que agora era tarde demais. Heitor gostaria de achar um exercício que realmente funcionasse em todos os casos.

Heitor pensou em Sabrina e escreveu:

Exercício de tempo número 3: Num dia, conte o tempo que tem para você. Dormir não conta (só se for no escritório).

Também era muito difícil prever o resultado desse exercício. Algumas pessoas perceberiam que não tinham um minuto para si mesmas, que gastavam o tempo todo com os outros – ele pensava em Sabrina –, e outras, ao contrário, perceberiam que não tinham nada para fazer a não ser se divertir ou pensar em si mesmas. Mas Heitor já tinha notado que isso nem sempre fazia as pessoas felizes. Algumas até queriam se suicidar!

Com esses três exercícios, Heitor sentia que sua lista era um pouco curta demais. E se ele continuasse a ouvir as pessoas que iam vê-lo, quem sabe não lhe trariam mais idéias?

E se não bastasse?

Bem, sempre seria tempo de pensar nisso mais tarde.

Heitor e o homem que queria voltar no tempo

"Ora, direis" – pensou Heitor. "Parece que vou ouvir estrelas." Ouvia Humberto, na verdade, um senhor pesquisador, como se diz, e isso lhe dava algumas idéias. Humberto era astrônomo: observava e ouvia as estrelas com instrumentos tão caros que diversos países do mundo juntaram suas economias para poder comprá-los. Em seguida, Humberto e seus colegas faziam cálculos muito complicados para saber como o mundo tinha começado, há muito e muito tempo. Perguntavam-se o que havia antes do início do mundo e até se o tempo já existia.

Humberto caiu em uma enorme depressão no dia que percebeu que, de tanto prestar atenção nas estrelas, se esqueceu de prestar atenção na mulher, e ela foi embora com um homem que não se preocupava muito com a vida, mas que era bem divertido. Heitor tinha ajudado Humberto a compreender que não valia muito a pena tentar voltar ao passado. (Era um pouco como a história do começo do mundo: Humberto passava seu tempo tentando compreender quando a história entre sua mulher e o outro homem tinha começado.) Heitor explicava a Humberto que saber de quem era a culpa não era assim tão importante. Mais valia Humberto voltar-se para o futuro e tentar se ocupar melhor da próxima mulher simpática que encontrasse, mesmo que isso atrasasse um pouco a última boa explicação para o início do mundo.

Mas Humberto continuava falando:

– Eu gostaria de poder voltar no tempo, voltar à época em que ela ainda me amava.

Quando Humberto dizia "à época em que ela ainda me amava", ele não conseguia se controlar e enchia os olhos d'água. Era muito triste.

– Eu saberia amá-la agora, eu tomaria conta dela, não cometeria de novo os mesmos erros que cometi. Se, pelo menos, eu pudesse voltar atrás...

No entanto, com os estudos tão complexos que desenvolvia com as estrelas, Humberto sabia muito bem que não podemos voltar no tempo – ou então isso acabaria com toda a explicação a respeito do mundo e de como ele funciona. Mesmo assim, não parava de pensar que ele gostaria de voltar no tempo.

– De qualquer maneira, na nossa idade, doutor, somos obrigados a fazer de vez em quando uns balanços da vida da gente...

Heitor levou um susto: pensava que fosse muito mais jovem que Humberto. Não disse nada, mas depois foi verificar sua data de nascimento. Heitor era de fato mais jovem, mas nem tanto.

Heitor estava um pouco desapontado. A única idéia que Humberto tinha lhe trazido era de que ele não era mais exatamente um jovem psiquiatra, mas isso, ora, ele já sabia. Acontece que agora ele tinha *sentido* que não era mais jovem e, como sabem muito bem os psiquiatras, entre saber e sentir, sentir é o que importa.

Mas, com isso tudo, Humberto tinha lhe dado uma nova idéia e Heitor escreveu:

Exercício de tempo número 4: Pense em todas as pessoas e em todas as coisas às quais você não dá muita atenção, porque um dia elas terão passado e então será demasiado tarde.

Heitor e a mulher que queria se manter sempre jovem

Assim que Humberto saiu, entrou Magda, uma moça sedutora que tinha tendência a trocar de namorado todas as vezes que o moço se apaixonava por ela. Por isso, estava há mais tempo com seu psiquiatra Heitor do que já estivera com seus antigos namorados. Mas quem é psiquiatra não deve se apaixonar pelos pacientes, sabia Heitor, mesmo quando fazem seu tipo. Agora, Magda começava a perceber que todas as suas amigas estavam casadas e que muitos dos homens por quem se interessara estavam, também, casados.

– Quando penso nos belos homens que larguei quando era mais jovem...

– Talvez não fossem bons para você – disse Heitor.

– Ah, eram sim. Quando vejo o que se tornaram, percebo quanto fui idiota em não ficar com eles.

– Com todos?

– Claro que não! Só com um.

– Essa experiência não serviria para o futuro? – perguntou Heitor.

– Futuro? Que futuro? Na minha idade, não tenho mais tantas escolhas. Acho que meu futuro será sempre pior que o passado.

– Se quiser viver seu futuro da mesma forma que viveu o seu passado, talvez seja possível – disse Heitor.

– O senhor quer dizer que não podemos continuar vivendo aos 39 anos como vivíamos aos 20?

– O que você acha? – perguntou Heitor.

– Ah, 20 anos! É o mais belo período da vida – disse Magda.

Heitor pensava que isso nem sempre era verdade, pelo menos não para todo mundo. Mas era, com certeza, para Magda.

– Não ter preocupações, poder escolher os rapazes que quiser, viver livremente, não pensar no tempo que passa, ter a impressão de que a vida é infinita... Como eu gostaria de voltar ao passado!

– Você diria que ia aproveitar para escolher rápido um bom marido – disse Heitor.

– Bom, aí eu me contradigo. Talvez eu começasse exatamente da mesma maneira.

– Então, por que se lastimar? – perguntou Heitor.

– Por causa dessa sensação de que a vida que eu tinha pela frente era infinita... Porque, agora, não acho mais que seja assim – disse Magda.

Heitor tinha lido uma pesquisa a esse respeito: existe um momento em que a vida que temos pela frente é como um rolo de tecido que não acaba nunca, infinito, no qual podemos cortar todo tipo de roupa que quisermos. Depois, chega um momento em que a gente percebe que o rolo tem um fim e que é preciso calcular bem para conseguir refazer um só guarda-roupa. (Veja bem: você sabia desde o início que o rolo ia terminar, mas, de novo, saber e sentir são duas coisas diferentes, e é o sentir que conta.) Dependendo da pessoa, essa sensação de que o rolo tem um fim acontece entre dois cachorros e meio a três. Os psiquiatras chamavam isso de crise da meia-idade e essa crise lhes dava muito trabalho.

– Olha, doutor, o senhor poderia me dar de novo aquela receita para minhas vitaminas?

Heitor lembrou que Magda, como não podia frear nem diminuir a velocidade do tempo, tentava ao menos retardar seu efeito sobre ela. Não lhe faltavam coisas excelentes, aliás, para ajudá-la: suplementos vitamínicos e suplementos de suplementos de todas as cores que ela encomendava pela internet, ginástica três vezes por semana, com muita aeróbica. E é verdade que ela estava sempre em forma, Heitor podia observar. E, claro, legumes e frutas pelo menos quatro vezes ao dia (isso agradava à mãe de Magda, que nunca tinha conseguido fazê-la engolir um só legume quando era criança), nada de cigarros, pouco vinho e somente as boas gorduras, quer dizer, aquelas que não vêm nem da vaca nem do porco. Mais uma razão, aliás, para não comer esses bichos tão simpáticos.

Magda evitava sobretudo o sol, porque sabia que fazia envelhecer a pele, e usava pelo menos três tipos de cremes diferentes para o rosto conforme a hora do dia, de manhã, de tarde ou de noite, e o creme da noite chamava-se "creme anti-idade".

Heitor pensava que tudo isso era muito bom para a saúde de Magda e faria com que se parecesse mais jovem por mais tempo. Mas nada disso impediria que o tempo passasse.

Às vezes, aliás, Magda devia pensar a mesma coisa, pois um dia ela disse a Heitor:

– Quando me vejo pulando na frente do espelho da sala de ginástica ou diante dos meus potes de cremes, às vezes me pergunto para que servem. Por que, afinal, não desistir? Rir de tudo isso... No fundo, não passa de uma escravidão.

Escravo do desejo de se manter jovem: Heitor achou que essa era uma boa fórmula, mas ele sabia que Magda ainda seria escrava por um bom tempo, porque o olhar dos homens era uma coisa muito importante para ela.

Quando Magda saiu, ele olhou-se, como ela, no espelho que tinha em cima da lareira e percebeu, pela primeira vez em sua vida, alguns cabelos brancos claramente visíveis acima das orelhas. Portanto, ele não era mais um psiquiatra tão jovem assim.

Finalmente, como todas as vezes que tinha um assunto importante em mente, Heitor teve vontade de conversar com sua namorada, Clara.

Mas ele levou ainda um tempo anotando:

Exercício de tempo número 5: Imagine sua vida como um grande rolo de tecido no qual você cortou todas as roupas que já usou. Imagine o guarda-roupa que você ainda pode cortar no que sobra do tecido.

Heitor ama Clara, Clara ama Heitor

Heitor e Clara... Essa é uma velha história, embora eles fossem ainda bastante jovens. Vamos tentar explicar mas, como toda história de amor, não é fácil de entender, nem mesmo para aqueles que vivem a história.

Clara e Heitor conheceram-se em um congresso para psiquiatras organizado por um grande laboratório que produzia medicamentos e para o qual Clara trabalhava, até demais. Heitor perguntou, com muita seriedade, algumas coisas a Clara a respeito dos remédios que o laboratório produzia e ela respondeu também muito seriamente. Então, logo depois, Heitor riu e ela também riu e, ainda depois, ele ligou para ela e, mais depois ainda, eles perceberam que estavam os dois apaixonados.

E agora Clara e Heitor moravam juntos.

Clara e Heitor às vezes pensavam em se casar ou ter um filho mas, em geral, nunca pensavam nisso ao mesmo tempo. Às vezes, Heitor viajava. E aí, é preciso concordar, tinha-lhe acontecido de fazer umas tolices. E durante algum tempo ele não sabia muito bem a quantas ia a história dos dois. De seu lado, Clara perguntava a si mesma se Heitor e ela conseguiriam um dia se casar. E, às vezes, ela também não sabia direito a quantas iam.

Mas, nesse momento da história, Clara e Heitor viviam juntos e começavam (mais uma vez) a pensar em se casar e ter um filho.

Eles vão conseguir? É o que saberá se ler esse livro até o fim.

Um dia, Heitor contou a Clara o que ele vinha observando: ninguém andava contente com o tempo. E falou também dessa impressão, de acordo com certas reflexões de seus pacientes, de que ele não era mais um psiquiatra tão jovem assim.

Então Clara disse:

– Ah, os homens... Decididamente, vocês são mesmo um pouco lerdos!

E explicou a Heitor que, para as mulheres, a impressão de não ser mais tão jovem assim chegava bem mais cedo do que para os homens.

– E como percebem? – quis saber Heitor.

– Pela chegada da concorrência – respondeu Clara.

Heitor não entendeu de imediato o que Clara queria dizer, o que prova que os psiquiatras nem sempre são muito espertos. Clara continuou:

– Não, não é isso. Estou brincando. É que nós, mulheres, sentimos mais o tempo que passa. Durante um tempo, quando somos jovens, pensamos que a vida de verdade vai começar um pouco mais tarde e, de repente, um dia, percebemos que o "mais tarde" já é passado. Em geral, é quando começamos a enxergar umas pequenas rugas que mais ninguém nota. Penso, às vezes, que de tanto dizer "mais tarde", um dia vou notar que já é "tarde demais". Para ter um filho, por exemplo...

E Clara olhou para Heitor e Heitor olhou para Clara.

Tudo isso mostrava que, mesmo Clara sendo uma moça bem otimista, ela tinha, ainda assim, momentos de reflexão muito profundos. Isso Heitor já sabia, e era um dos motivos pelos quais ele amava Clara.

Heitor refletiu uma vez mais que todo mundo pensa no tempo que passa, mesmo que ninguém diga nada a respeito.

Todo mundo, salvo os bebês, talvez. Mas aí, também, vá saber...

Heitor tem um sonho

Na noite seguinte, Heitor sonhou.

Estava em um vagão de trem igual àqueles de sua infância, com compartimentos separados por um corredor comprido e janelas que se abriam por uma manivela. Ele era um adulto, como o Heitor de hoje. Estava sozinho e se sentia um pouco inquieto. Lá fora desfilava uma paisagem de campo, com um belo sol de fim de tarde. Mas, estranho, o campo era igual àquele de quando Heitor era criança: ainda se viam as centáureas e as papoulas nos prados, grandes arbustos com amoras e framboesas onde se escondiam os pássaros e os coelhos, laguinhos onde as crianças pescavam ao voltar da escola, com suas bicicletas jogadas sobre a grama e, ao longo do caminho, as vacas e os carneiros que eram recolhidos à noite. Até o céu parecia diferente, de um azul mais suave, e as nuvens, de um branco mais puro. Heitor estava emocionado com aquela paisagem e queria dividi-la com alguém – talvez houvesse um de seus amigos no trem. Saiu ao corredor, mas não encontrou ninguém, e todas as outras cabines do vagão estavam vazias.

Um pouco inquieto, passou para outro vagão. Ninguém. Continuou andando pelo trem. Devia haver alguém, pelo menos na locomotiva.

Andando pelo corredor, Heitor percebeu algo ainda mais estranho: quanto mais ele andava rápido, mais o trem diminuía a velocidade e mais a paisagem ia desfilando lentamente. Ele teve tempo até de reparar em uma bela camponesa que recolhia suas obedientes ovelhas ao pôr do sol. Se Heitor parasse completamente de andar para olhar melhor a paisagem, o trem acelerava novamente, o que era um pouco irritante. Então, ele se pôs a correr, para forçar a locomotiva a ir ainda mais devagar. Correu tão rápido que ela acabou parando. Mas não foi uma boa coisa: Heitor percebeu que a paisagem tinha se transformado em um deserto de gelo e neve, como se o trem tivesse feito uma parada no pólo norte. Parou de correr para que o trem andasse de novo e se distanciasse daquele lugar glacial e desolador.

Mas o trem não partiu.

O gelo começou a subir pelas vidraças.

Muito longe, devia ser na outra ponta da locomotiva, Heitor ouviu uma porta batendo e compreendeu que alguém ou alguma coisa acabara de subir no trem. Passos, muito pesados, muito lentos, aproximavam-se do vagão onde ele se encontrava.

Heitor tinha uma vontade terrível de sair dali, mas, que coisa, ele não achava nenhuma porta que abrisse! Quis então abrir uma das janelas do vagão, mas estavam todas bloqueadas pelo gelo lá de fora.

Heitor, ainda no sonho, começou a querer acordar imediatamente, enquanto os passos aproximavam-se, lentamente, de seu vagão.

Pouco a pouco, o trem se pôs em marcha e começou a correr mais e mais rápido, e, novamente, o belo campo apareceu. Dessa vez Heitor não via mais ninguém, como se todos, até vacas e carneiros, tivessem ido se deitar junto com o sol. Reparou apenas em um grande cachorro esquimó, com ar feliz, correndo por uma estrada.

Heitor continuou a contemplar a paisagem ao pôr do sol. De repente, ele não sentia mais nenhum medo dos passos que se aproximavam de seu vagão.

A porta do compartimento abriu e Heitor viu um jovem monge. Mas, atenção! Não era um monge como os monges do país de Heitor. Parecia um monge da China, com a cabeça raspada e vestido com uma espécie de grande túnica laranja que lhe deixava um ombro nu.

O monge era jovem, mas havia algo de estranho. Heitor, na verdade, sabia que aquele era um monge muito velho que ele já tinha encontrado uma vez. No entanto, no sonho, o monge parecia naturalmente muito jovem.

– E então? – disse o velho-monge-muito-jovem. Como vai sua casa?

Nesse momento, Heitor acordou.

Clara dormia ao seu lado. Ele pegou seu caderninho e a caneta-luminária que lhe permitia escrever sem acordar ninguém e começou a anotar. Heitor não tinha o hábito de anotar seus sonhos, mas ele sentia que esse era muito importante.

Heitor e a conversa com o velho Arthur

Heitor tinha vontade de contar seu sonho a alguém, para tentar entender melhor seu significado. Pensou primeiro em Clara, que às vezes tinha boas idéias. Mas seu sonho era um pouco estranho e podia inquietá-la. Além do mais, desde a última conversa que tiveram, sentia que Clara estava meio triste. De tempos em tempos, ela se olhava no espelho e parecia ainda mais triste.

Ele tinha reparado, na bancada do banheiro, um potinho azul e branco muito bonito. Em cima, lia-se: "creme anti-idade". Tinha dito a Clara que ela lhe parecia muito jovem para usar um creme contra a idade, mas ela respondeu que fosse cuidar de sua vida. Talvez não fosse uma boa idéia contar a ela seu sonho, pois ele desconfiava que o sonho falava do tempo que passa.

Então, ele pensou em um velho colega psiquiatra, quase tão velho quanto seu avô, que se chamava Arthur e usava sempre uma gravata-borboleta. Heitor pensou que Arthur, em sua vida de psiquiatra, devia ter ouvido muita gente contando seus sonhos a ele. Certamente teria boas idéias a respeito do seu.

O velho Arthur trabalhava em uma grande sala, grande como um velho salão repleto de móveis antigos e muitos quadros. Ele mesmo parecia alguém do tempo antigo, com sua gravata-borboleta, mas Heitor sabia que ele tinha idéias bem modernas.

Então, ele contou seu sonho ao velho Arthur. E perguntou o que ele achava.

O velho Arthur refletiu. E depois disse:

– O problema, com os sonhos, é que nunca sabemos se é o cérebro que mói de tudo um pouco, uns nacos das lembranças daqui e dali, para se ocupar, ou se, ao contrário, ele trabalha, de fato, para construir uma história que possui um verdadeiro sentido.

Heitor estava perplexo. Lembrava que o velho Arthur tinha aprendido a psiquiatria em uma época em que os psiquiatras davam muita importância aos sonhos.

O velho Arthur viu que Heitor tinha ficado um pouco decepcionado. Então ele disse:

– Em certo momento, pensávamos que o trem, num sonho, era um símbolo sexual. O desejo de ter relações sexuais, ou o medo de tê-las, esse tipo de coisa. Mas, enfim, essa idéia data da época em que ter esses desejos era algo meio malvisto. Agora, porém, é o contrário...

O velho Arthur não parecia acreditar muito nessas velhas histórias de sexo.

– Olhe – disse ele. Seu sonho lembra o que eu aprendi no colégio. Em relação ao tempo. Quando você está em um trem e arremessa uma bola, alguém que estiver do lado de fora, no campo, a vê movimentar-se muito mais rápido que você, posto que para ele a velocidade do trem se soma com a da bola. É a mesma coisa para a luz: se você enviar um facho de luz no mesmo sentido do trem, por exemplo. Mas como a luz vai sempre na mesma velocidade, não importa de onde a olhamos, isso quer dizer que a velocidade... Não, que o tempo... não é o mesmo para você...quer dizer, para ele... Ai! Eu não lembro mais muito bem. No fim, acaba em uma história de relatividade, você sabe, aquela coisa do Einstein, o tempo não é o mesmo conforme a velocidade com que nos deslocamos.

Heitor lembrava vagamente. Isso recordava a história do professor e seus alunos: os alunos escutam metade do que diz o professor, entendem metade do que escutaram, lembram metade do que entenderam e, do que lembraram, usam metade... Quer dizer, no final, não sobra muita coisa. Heitor recebia muitas professoras e muitos professores em seu consultório e eles estavam muitas vezes chateados e tristes, pensando que não serviam para nada. Heitor tentava fazê-los mudar de opinião. Não ia, portanto, contar a eles o que o velho Arthur e ele conseguiram lembrar a propósito da relatividade.

Mas o velho Arthur continuava:

– Em minha opinião, seu sonho trata do tempo. Mais exatamente: é a história da luta contra o tempo que passa. O trem é o tempo, de onde não podemos sair, e que não podemos brecar, nem mesmo diminuir a velocidade... Infelizmente, conhecemos bem o ponto final desse trem.

O velho Arthur ficou silencioso e Heitor sentiu que ele pensava exatamente nisso, no ponto final, o término derradeiro.

– E o velho-monge-muito-jovem? – perguntou Heitor. (Era um modo de fazer o velho Arthur parar de pensar no término da viagem).

– Eu não sei – disse o velho Arthur. Podemos dizer que, para você, é uma presença confortadora. Mas é alguém que já conhece, não?

De fato, um dia Heitor tinha ido passear entre belas montanhas verdes, lá na China, para mudar um pouco de ares. Assim, ele chegou por acaso em um monastério chinês com um telhado bonito, de beirais recurvados e janelinhas quadradas. Era ali que o velho monge vivia, entre outros monges mais jovens, e todos usavam uma túnica laranja sobre um ombro e nada sobre o outro. (parecia que treinavam para não pegar um resfriado.) Heitor logo se entendeu com o velho monge, que estava sempre de bom humor e conseguia ensinar as coisas sem precisar explicá-las. O velho monge tinha viajado muito na vida, tinha ido ao país de Heitor quando era bem jovem e tinha até lavado louça no restaurante aonde hoje Heitor ia de tempos em tempos almoçar com seu pai. Desde o primeiro encontro, Heitor e o velho monge tinham apreciado a conversa um do outro. O velho monge ensinou duas ou três coisas a Heitor a respeito da vida (sem grandes explicações) e Heitor utilizou-as para ajudar seus pacientes. Desde então, o velho monge e ele tinham ficado amigos, embora não se vissem nunca.

Em todo caso, Heitor concordava com o velho Arthur: seu sonho tinha algo a ver com o tempo, com o tempo que passa. E, em seu sonho, ele tinha tentado pará-lo, como faziam Magda ou Clara, mas não tinha dado bons resultados. Ou, então, ele tinha tentado fugir, saindo do trem, mas também não tinha conseguido.

Evidentemente, o melhor mesmo seria poder contar seu sonho ao velho monge, mas já fazia algum tempo que Heitor não recebia mais respostas às mensagens que lhe enviava pela internet. Pensou que talvez o velho monge tivesse chegado ao ponto final, ao término, e isso o deixou triste.

Mas tentou afastar a tristeza, pois essa era, justamente, uma coisa que o velho monge tentou fazer ele entender: estar triste era sinal de que não tínhamos entendido bem a vida.

Heitor descobre um grande segredo

Foi por essa época que Heitor percebeu que muitos de seus colegas não tinham nenhum cabelo branco, mesmo aqueles nitidamente mais velhos do que ele. Pensou consigo mesmo se esse não seria um segredo dos psiquiatras: eles não envelhecem nunca. Mas logo depois dessa extraordinária descoberta, escutou uma enfermeira dizendo à outra: "O chefe devia mudar de cabeleireiro; fica muito óbvio que ele tinge o cabelo." Heitor lembrou que na época em que era garoto homens que tingiam o cabelo eram meio malvistos. Pensava-se que eram homens que gostavam de homens – na época, as pessoas riam muito disso e falavam muito maldosamente dessa forma de amor – ou, então, homens não muito sérios que continuavam a querer contar vantagem em uma idade que seria melhor cuidarem de suas famílias e festejarem o nascimento dos netos. Mas Heitor disse a si mesmo que esse tempo estava já muito longe, e tinha passado. Hoje, homens bem homens, mesmo psiquiatras, imagine só, tingem o cabelo para não mostrar que as primeiras neves começavam a branquear seus cumes. (Se você gosta desse gênero de comparação poética, vamos nos esforçar para achar outras mais.) Sabia que esses mesmos colegas também fariam tudo que pudessem para parecer jovens, como Magda: muita ginástica, bastante frutas e legumes, controle do peso, suplementos e suplementos de suplementos. Mas a maioria ainda não usava creme para o rosto ou, quando usava, era de um tipo só.

Mas o velho Arthur continuava a manter seus cabelos de uma brancura esfuziante. Heitor compartilhou com ele o que tinha percebido da cabeleira de seus colegas. Isso queria dizer que até os psiquiatras tinham um problema com o tempo que passa!

O velho Arthur sorriu:

– Eles estão ainda no estágio da luta – disse ele. Eu já renunciei...

Heitor sabia, porém, que o velho Arthur continuava interessado pelo amor. Até o encontrou certa vez, uma noite na saída de um restaurante, em companhia de uma mulher bem mais jovem que ele e que parecia muito apaixonada. Heitor perguntou-se como o velho Arthur conseguia fazer esquecer sua idade e seus cabelos brancos.

– Quando eu tinha entre 40 e 50 anos, disse o velho Arthur, eu agradava às jovens garotas que tinham problemas mal resolvidos com o pai.

– E agora? – perguntou Heitor.

– A mesma coisa – disse o velho Arthur. Basta, simplesmente, ter tido um pai idoso. Ou então uma história complicada com o avô. Já não são tantas, é claro.

Como o velho Arthur parecia ainda em forma, Heitor perguntou se esse era o segredo de sua eterna juventude.

– Não – disse o velho Arthur. A cada começo de uma nova história eu me sinto subitamente rejuvenescido. Mas, a cada vez que termina (evidentemente, chega sempre um momento em que elas acabam me vendo tal qual eu sou: um homem velho que toma remédios), eu me sinto muito mais velho...

Heitor teve vontade de perguntar: então, por que continuar? Mas ele não ousou fazer uma pergunta como essa. O velho Arthur, porém, adivinhou o que ele estava pensando.

– Eu gostaria de conhecer a serenidade – disse o velho Arthur. Ou de só pensar nos meus netos. Ou ter fé, claro. Mas essa graça não me foi concedida. Então, agora, eu leio filosofia.

E ele mostrou a Heitor uma grande biblioteca cheia de livros. Heitor reconheceu nomes de autores como Aristóteles, Sêneca, Epiteto, Santo Agostinho, Pascal, Heidegger, Bergson, Kierkegaard, Nietzsche, Wittgenstein e muitos outros. (você pode copiar, isso vai servir a não fazer erros de ortografia.)

– E isso ajuda? – perguntou Heitor.

– Isso faz passar o tempo! – disse o velho Arthur rindo. Se você quiser, posso fazer uns resumos... Quer dizer, ao meu modo.

Heitor achou que era uma idéia excelente porque só de pensar em ler todos esses livros já se sentia um pouco cansado. E ele tinha certeza de que o velho Arthur teria coisas interessantes a dizer a respeito dos filósofos. Mas ele quis saber um pouco mais já de imediato.

– Em geral, quais são as perguntas que fazem os filósofos?

– Primeiro, eles tentam definir o tempo. E não é fácil, porque não podemos ver o tempo nem tocá-lo. Ao mesmo tempo, não podemos sair dele. "Se não me perguntam o que é o tempo, eu sei, mas se me perguntarem, eu não sei." Isso é Santo Agostinho.

– Isso é verdade – disse Heitor.

– Pascal, aliás um filósofo que também inventou a primeira máquina de calcular, dizia que não serve para nada definir o tempo, posto que todo homem sabe bem do que se trata e, se tentamos defini-lo, terminamos sempre por girar em círculos na definição.

– Acho que eu concordo – disse Heitor.

– Bem, mas existe uma definição que me agrada: "O tempo é o número do movimento segundo o anterior-posterior." É de Aristóteles.

– Como? – disse Heitor.

Ele começava a achar a filosofia um pouco complicada.

– Mas é simples. É preciso só definir "número". De fato, Aristóteles distingue, nos números, o que mede o tempo, como os segundos que seu relógio mede, e que são todos iguais. Mas existe também o que é medido, o que aconteceu na sua vida, os segundos da sua vida. Você concordará com a afirmação de que os segundos de seu relógio são todos iguais. Um segundo é sempre o mesmo segundo que um outro segundo. Mas, quanto aos segundos da sua vida, um segundo de felicidade, um segundo de tristeza, um segundo de tédio, estes nunca são iguais um ao outro...

Nesse momento, o telefone na escrivaninha tocou. Era a secretária.

– Ops! – disse o velho Arthur. Esqueci um paciente na sala de espera!

Saindo do consultório do velho Arthur, Heitor teve várias novas idéias e pegou rápido seu caderno para anotar:

Exercício de tempo número 6: Escreva tudo que faz você se sentir mais jovem. Escreva, em seguida, tudo que faz você se sentir mais velho.

Para o velho Arthur, Heitor pensou que a resposta era a mesma para as duas questões: o amor. Depois, lembrou também o que ele tinha dito a respeito da fé: "Essa graça não me foi concedida." Era curioso. Em geral, era Deus quem concedia as graças. Portanto, era como se o velho Arthur acreditasse que existia um Deus que não tinha lhe dado a graça de acreditar nEle!

Exercício de tempo número 7: Se você não acredita em Deus, imagine que acredita. Se acredita, imagine que não acredita mais. Observe o efeito sobre sua visão do tempo que passa.

Depois, Heitor pensou que, mesmo se os filósofos tiveram dificuldade para definir o tempo, não custava nada tentar. Afinal, se não desse certo, isso ao menos obrigava a refletir.

Exercício de tempo número 8: Faça um jogo com os amigos. Tente achar uma definição do tempo. Primeiro prêmio: um relógio.

Heitor sentia que todos esses pequenos exercícios giravam em torno de uma mesma questão: é melhor lutar contra o tempo, tentar brecá-lo, diminuir sua velocidade, fazer como se fôssemos sempre jovens, como se o tempo não passasse, ou, ao contrário, era melhor aceitar o tempo que passa, concluir que nada podemos contra ele e que, portanto, mais vale pensar em outra coisa? Ou um pouco das duas coisas? É melhor viver como se devêssemos viver para sempre ou pensando que podemos morrer a qualquer instante, amanhã mesmo ou, em todo caso, em não muito tempo?

Cada vez mais, ele sentia que, se achasse respostas para essas perguntas, isso ajudaria muita gente, quase tanto quanto os cremes anti-idade e os suplementos dos suplementos.

Toda vez que ele se punha a refletir e não conseguia achar a boa solução para as perguntas que fazia, Heitor tinha sempre a mesma vontade: viajar.

Muito bem, pensou Heitor, por onde começar?

Heitor e o velho monge

No dia seguinte, em seu consultório, Heitor pegou tranqüilamente o jornal para ler, porque um de seus pacientes tinha desmarcado a consulta. (Quando você é psiquiatra e um paciente desmarca a consulta é como quando você ia ao colégio e avisavam que o professor estava doente: hora de recreio!)

De repente, Heitor sobressaltou-se. Quem ele acabava de ver na primeira página do jornal? O velho monge rindo com sua túnica laranja sobre o ombro! Por um segundo, Heitor ficou muito contente: se falavam do velho monge na primeira página do jornal e mostravam sua foto rindo é porque ele devia estar ainda vivo! Em seguida, ele leu o artigo.

O velho monge tinha desaparecido e o mundo inteiro estava brigando.

Pessoas de diferentes países do mundo acusavam a China de tê-lo feito desaparecer, porque o velho monge em tempos idos já tinha tido problemas com as pessoas que dirigiam a China. Não pensava como eles. Por isso, tinha passado bastante tempo em prisões geladas para aprender a pensar corretamente, isto é, para pensar exatamente como as pessoas que comandavam a China naquele tempo pensavam. Mas, como ele não conseguia – ele não tinha feito muito esforço –, mantiveram-no trancafiado durante inúmeros anos. Mas isso já fazia muito tempo, a China tinha mudado desde então e as pessoas importantes da China atual diziam que se o velho monge tinha desaparecido a culpa não era delas. Não tinham nada a ver com isso. Os outros países, os que diziam que a culpa era da China, é que talvez fossem os culpados, eles que dissessem onde estava o monge! Isso gerou imediatamente uma enorme disputa entre os países do mundo; gente importante dizia coisas nada gentis em grandes reuniões com microfones e era divertido olhar a foto do velho monge rindo como se ele tivesse acabado de pregar uma peça em todo mundo. Heitor, claro, só pensou em uma coisa: encontrar o velho monge. Primeiro porque ele estava inquieto. Queria saber o que tinha acontecido com ele, o velho monge talvez precisasse de ajuda. Depois, porque Heitor dizia a si mesmo que o velho monge, com toda sua sabedoria e experiência, teria sem dúvida alguma coisa de muito importante a lhe dizer a respeito do tempo que passa. Então, ele enviou uma mensagem pela internet a um de seus amigos que também conhecia o velho monge: Thomas.

Heitor e Thomas são dois bons amigos

Heitor conhecia Thomas desde o colégio e sabia que Thomas sempre tinha tido pressa: era o primeiro a terminar os exercícios, e queria ser o primeiro da classe! Acabava irritando um pouco, e até os professores lhe diziam: "Thomas, pare de desencorajar seus colegas." Depois, Thomas estudou para ser engenheiro e construir pontes ou lançar mísseis, mas, finalmente, desistiu da engenharia e começou a trabalhar em um banco. Um dia, Heitor perguntou por que ele tinha escolhido esse trabalho, já que construir pontes e lançar mísseis lhe parecia muito mais interessante.

– Não quero esperar – tinha dito Thomas. Quero ficar rico o mais rápido possível. Depois, vou ter tempo para fazer o que eu quiser.

Thomas fazia cálculos complicados com o dinheiro. Calculava, por exemplo, quando se devia comprar, ou quando não se devia, partes de grandes empresas. Graças a esses cálculos, fazia as pessoas ricas ficarem mais ricas e, assim, ele ganhava também um bocado de dinheiro. Thomas vivia mudando de emprego e de casa, pois se cansava rapidamente quando ficava muito tempo no mesmo banco ou no mesmo país. E, com as namoradas, tinha sido a mesma coisa. É verdade que sofreu bastante, uma vez ou duas, pois acontece de você deixar uma pessoa e só então perceber que a amava de verdade. Mas aí já era tarde demais e as noites ficavam muito longas, sobretudo para quem tem pressa de que o dia chegue rápido. Assim, Thomas levou algum tempo para se casar e ter dois filhos. Mas logo se divorciou e ele só os via de vez em quando.

A última vez que Heitor e Thomas se encontraram foi na China, justamente onde os dois tinham conhecido o velho monge. Ou, melhor, quando Heitor conheceu o velho monge no alto da montanha e apresentou-o a Thomas, pois o melhor presente que se pode dar a alguém é oferecer-lhe um belo encontro. E Thomas fora várias vezes visitar o velho monge em seu monastério e conversar com ele.

O dinheiro também acabou cansando Thomas. Percebeu que já estava rico o bastante com o que tinha e que agora tinha vontade de fazer coisas úteis para as pessoas. Começou a trabalhar em uma grande organização que, no mundo inteiro, enviava gente como ele para ajudar as pessoas pobres (mas não necessariamente infelizes). Heitor estava bem contente, pois tinha a impressão de que, com esse novo trabalho, Thomas parecia finalmente satisfeito. Assim que leu o artigo no jornal, Heitor enviou uma mensagem pela internet a Thomas para lhe perguntar se tinha notícias de uma certa pessoa que os dois conheciam bem. (Heitor evitou dizer o "velho monge", ou seu nome em chinês, pois se seu desaparecimento era tão importante, melhor então ser discreto). Thomas logo notou a manha e respondeu:

Venha me ver, meu amigo. Conversaremos mais à vontade. O tempo, para mim, agora não tem mais o mesmo sentido. Pela primeira vez em minha vida não tenho pressa.

Além do mais, por aqui, às vezes tem gente que precisa de um bom psiquiatra. Venha. Até logo mais.

Na parte de baixo da mensagem, vinha anotado o nome do lugar onde Thomas agora morava. Era tão ao norte da Terra que a maioria dos mapas parava um pouco antes. Enfim, era o país dos esquimós, ou melhor, de certos esquimós, pois, assim como entre os índios há iroqueses, apaches, moicanos, arapawash, algonquins (Heitorzinho conhecia ainda muitos mais), há também muitos tipos de esquimós, ou melhor, de inuits, porque agora era assim que se devia chamá-los, depois que as pessoas de boa vontade, mas mal informadas, passaram a acreditar e fizeram crer que a palavra "esquimó" era um nome incorreto e não muito gentil.

Heitor pensou que aquela poderia ser uma bela viagem para Clara e, além do mais, útil. Viajar talvez fizesse bem a ela, que andava um pouco triste nesses últimos tempos, o que Heitor percebia, é claro.

Mas, quando Clara viu no mapa completo que Heitor finalmente tinha achado o lugar em que Thomas morava, ela desistiu rápido: "eu, não" – disse. "Nem pensar, não quero gelar num lugar desses". Heitor ficou chateado, porque tinha decidido que doravante só viajaria com Clara. Assim, ele não faria mais tolices.

Viu que Clara olhava para ele. Depois ela disse, com um sorrisinho:

– Pelo menos, com esse frio todo, acho que você não vai fazer muitas bobagens!

Mas o sorriso de Clara era um pouco triste e Heitor prometeu a si mesmo nunca mais fazer bobagens.

Conseguiria? É o que você saberá se...

Heitor e as pequenas bolhas

O último avião da viagem era o menor de todos os aviões em que Heitor já viajara: não dava para ficar em pé para ir ao banheiro e, aliás, nem banheiro tinha. Sentado em sua poltrona, ele podia ver o piloto, ou melhor, as costas de um casaco bem grosso e um enorme gorro de pele. Parecia que era um urso quem pilotava o aviãozinho. Heitor, aliás, estava vestido quase igual: ele havia comprado todas as roupas de uma listinha que Thomas enviara e que tinha umas coisas um tanto bizarras, como meias de seda ou um casaco impermeável da mesma matéria do escafandro dos cosmonautas que foram à lua e mais uns óculos escuros parecidos com aqueles que se usa nas piscinas.

Lá fora, não se via nada, a não ser a noite negra e os flocos de neve quando vinham bater no vidro das janelinhas do avião. Heitor estava sentado ao lado do outro único passageiro: um americano de mãos enormes que voltava àquele país gelado para abrir buracos muito profundos no gelo e saber como era o ar há muito, muito tempo. Mais uma história de tempo! – pensou Heitor.

– O gelo contém pequenas bolhas de ar – explicou o americano grandalhão. Ar de centenas de milhões de anos.

Ele falava muito alto para cobrir o barulho do motor e o ouvido de Heitor doía um pouco. Além do mais, ele não tinha entendido direito o nome do americano e não teve coragem de perguntar uma segunda vez.

– E, então, o que contam essas bolhas todas? – perguntou Heitor.

– Que o ar antes era mais limpo! – gritou o americano, e morreu de rir.

Depois, abaixou-se para tirar uma coisa de sua mochila.

– A propósito de bolhas... – disse.

Heitor não acreditava no que o americano tinha tirado da mochila: uma garrafa de champanhe!

– Trouxe para uma grande ocasião – explicou. Mas lá ninguém gosta muito. Preferem coisas mais fortes. Melhor beber com você, que pelo menos saberá apreciá-la!

Heitor sentiu que o grande americano e ele ficariam amigos, assim que entendesse seu nome. O piloto escutou o barulho da rolha e virou-se. Não era um urso, mas uma mulher muito bonita, dos olhos azuis como o gelo e o ar de quem não obedece a nada nem a ninguém. Aliás, ela gritou: "Ninguém bebe no meu avião!" Mas o americano grandão mostrou-lhe a garrafa de champanhe, estendendo a ela um copo de plástico, e então ela sorriu. Tinha um belo sorriso, branco como a neve. Heitor pensou em Clara. Felizmente, a bela pilota aceitou só metade do copo, talvez para ser amável. Depois, passou o resto da viagem concentrada na pilotagem. Ainda bem!

Mas Heitor, ao contrário, ficou contente de beber todo aquele champanhe antes da aterrissagem, que não era exatamente uma aterrissagem: o avião pousava no gelo com patins um pouco parecidos com esquis, deslizando na pista com um zunido um tanto inquietante.

– Ufa! – disse o americano. Não vou nunca me acostumar.

Heitor, afinal, tinha entendido seu nome: Hilton. Era divertido: Hilton tinha o nome de um hotel. Depois de alguns copos de champanhe, ele até brincou, perguntando a Hilton:

– E aí, Hilton, por onde andam seus amigos, Méridien e Sofitel?

Hilton só riu pela metade e Heitor pensou que ele era mesmo um idiota: que piadinha mais imbecil! Hilton devia ter escutado um bocado dessas gracinhas desde que entrou na escola.

A porta do avião abriu-se e Heitor lembrou a viagem que fez um dia a um país muito quente. Quando abriram a porta do avião, parecia que alguém tinha aberto a porta do forno para ver se o assado estava no ponto. Pois ali era como abrir a porta de um freezer, ou cair dentro dele.

Ainda era noite e só se viam algumas luzes pelo gelo, que serviam, sem dúvida, para guiar o avião.

– Heitor! – ouviu Heitor

Era seu amigo Thomas, vestido também como um urso, acenando para ele de uma motoneve.

Mais tarde, sentado atrás de Thomas, que pisava fundo no acelerador, Heitor pensou que aquela era uma boa imagem para o tempo que passa: uma motoneve correndo pela noite polar.

Heitor sente frio

O acampamento tinha várias tendas, muito modernas, nas quais moravam pessoas de países diferentes: Hilton e sua equipe de pesquisadores de bolhas ou a bela pilota quando não podia viajar imediatamente. Era ali também que morava Thomas.

– Mais longe, lá em baixo, fica a aldeia inuit – disse Thomas.

Heitor distinguiu alguns clarões na noite. O efeito do champanhe começava a abandoná-lo e Heitor perguntou a si mesmo o que tinha vindo fazer num frio daqueles, tão longe da sua cama e de Clara. Cada minuto parecia uma hora. Ainda uma nova experiência a respeito do tempo, pensou, mas dessa vez era um exercício meio incômodo.

Na barraca iluminada, Heitor sentiu-se um pouco melhor ouvindo as explicações de Thomas.

– Não nos instalamos muito perto da aldeia para não atrapalhar o modo de vida deles. Claro que nós os ajudamos. Trazemos médicos, por exemplo, e permitimos que comprem o que desejam e que vendam suas mercadorias, mas a preços eqüitáveis.

– Mas o que você faz aqui? – perguntou Heitor.

– Banqueiro eu sou, banqueiro continuo. – respondeu Thomas, rindo.

Era esse o novo trabalho de Thomas: ele tinha organizado um circuito de venda de peles, mas a preços interessantes para os esquimós. Pedia também à sua organização empréstimos em dinheiro para que eles pudessem comprar suas motoneves e pagar aos poucos.

– O modo de vida que levam aqui, não importa o que se faça, vai terminar desaparecendo um dia, como já aconteceu com as outras tribos. Agora, eles querem motoneves e medicina moderna, para eles e para seus filhos. Com meu sistema, pelo menos é mais progressivo. Mantêm ainda sua identidade de caçadores, aprendem o preço das coisas, não são ludibriados, mas também não se transformam em gente dependente de ninguém.

Thomas explicou que, em certa época, os brancos que passavam por ali vendiam aos inuits uma faca em troca de uma pilha de pele de raposa tão alta quanto a faca mantida na vertical!

– Foram tão explorados! – disse Thomas. A sorte que tiveram, comparados aos índios, é que ninguém queria se instalar numa região dessas. Por isso nunca foram massacrados.

Thomas serviu um pouco mais de café a Heitor. Thomas tinha mudado muito, pensou Heitor: antigamente, cada encontro era celebrado com vinhos excelentes e caríssimos!

– Está ficando tarde – disse Thomas. É hora de dormir, ou amanhã você estará acabado e, aqui, a regra número um é manter-se em forma.

Heitor percebeu que não sabia em que momento do dia estava e, consultando seu relógio, não sabia dizer se seria meio-dia ou meia-noite.

Thomas explicou que era normal, por causa da enorme diferença do fuso horário, desde o país de Heitor, e ainda mais a viagem à noite no aviãozinho.

– Bom – disse Heitor. E o velho monge?

– O velho monge? – repetiu Thomas, parecendo um tanto surpreso.

Não foi no velho monge que ele tinha pensado quando Heitor pediu notícias de alguém que os dois conheciam bem! Thomas achou que Heitor queria saber como andava uma formosa e gentil chinesa que tinham conhecido na China. Na época, a formosa chinesa estava numa situação ruim, mas Heitor e Thomas conseguiram tirá-la daquela vida. E, agora, Thomas podia tranqüilizar Heitor: Ying Li (era o nome da chinesa formosa) continuava muito bem, tinha tido o segundo filho com um marido que ela amava. O que pode uma mulher querer de melhor?

Heitor ficou contente com as boas notícias de Ying Li, mas isso não o ajudava a encontrar o velho monge. Thomas disse que ele também se correspondia com o velho monge pela internet, mas que há algum tempo ele não respondia às suas mensagens, o que, é verdade, não era de seu hábito. Heitor ficou um pouco triste. E se o velho monge tivesse morrido?

A cama era mais ou menos confortável, mas quando as luzes se apagaram, Heitor percebeu que não conseguiria dormir. Culpa do café. Se ele soubesse que já era noite, não teria bebido! Thomas fazia parte da raça de gente que podia tomar quanto café quisesse e ainda assim dormir (e que pode beber um monte de garrafas de vinho sem nunca sentir dor de cabeça).

Como o tempo voltava a andar muito lentamente, mas muito mesmo, Heitor se pôs a pensar.

HEITOR E O PRESENTE QUE NÃO EXISTE

Mas Heitor não conseguia pensar de verdade. Simplesmente deixava as lembranças virem a ele e aquilo aflorava como bolhas à superfície de uma grande maré cheia de champanhe, de café e de uma espécie de sono que não conseguia se transformar, de fato, em sono. Estranhamente, eram seus anos de colégio que lhe vinham à memória. Sem dúvida porque naquela época os minutos também lhe pareciam longas horas e ele experimentava aquele mesmo sentimento que tinha Heitorzinho hoje. Com exceção de alguns professores muito interessantes ou então daqueles engraçados, Heitor achava o colégio muito chato e lembrava que a cada vez que olhava o relógio esperava que pelo menos dez minutos já tivessem se passado. Um pouco como agora, quando ele acordava pela metade para olhar os ponteiros luminosos de seu relógio e percebia que os minutos não passavam, senão muito e muito lentamente.

Tudo isso provava que a sensação do tempo depende do que acontece ou do que você estiver fazendo. Se fizer coisas interessantes, o tempo passa muito rápido. Ao mesmo tempo, Heitor pensava que todas essas horas passadas no colégio pareciam agora pouca coisa em sua memória, como se tivessem ocupado um tempo muito breve da sua vida, quando, na verdade, levaram muitos anos. E, engraçado, algumas de suas férias, pensando nelas de novo, pareciam ter durado muito tempo, como se ele tivesse passado anos brincando na beira do mar ou no campo onde ainda havia papoulas e amoras. Isso lembrava a ele uma frase que tinha escutado no colégio: "A vida intensa faz parecer as horas curtas e as lembranças longas".

Tudo isso provocava em sua mente uma grande questão, da qual Heitor se lembrava tão bem quanto da teoria da relatividade restrita: o tempo existe fora de nós? E se nossa vida inteira não fosse mais que um sonho? Mas, neste caso, quem sonha, e onde dorme? E se, no fundo, isso fosse o sonho de outra pessoa, a coisa não caminharia em outra direção, por outros rumos? Nossos sonhos contam a vida de pessoas que existem em algum outro lugar?

De tanto fazer esse tipo de pergunta, Heitor dormiu e se pôs a sonhar ou, melhor, a reviver uma lembrança em sonho. Estava em seu consultório com Madame Irina. Madame Irina era uma vidente, que tinha ido vê-lo porque um dia ela notara que não "via" mais. Heitor não sabia muito bem o que pensava da vidência. Só sabia que não havia nenhuma explicação para ela em acordo com a ciência de hoje, mas, afinal, há ainda dois séculos, também não havia explicação para o nascimento dos raios ou para saber como se fabricam as crianças.

Então, com Madame Irina, Heitor tinha se contentado em cuidar da grave depressão que ela sofrera depois que um senhor de quem gostava muito se fora. Um pouco mais tarde, Madame Irina começou a "ver" de novo. E depois, como muitas outras pessoas que iam a seu consultório, ela voltava de tempos em tempos para rever Heitor e dizer como andava. Um dia, perguntou a Madame Irina se ela via o futuro.

– Mas, para o senhor, o que quer dizer o futuro? – perguntou ela.

Heitor pensou que Madame Irina começava a falar como ele.

– O que ainda não aconteceu. O amanhã. O ano que vem. O que virá. O que acontece depois do presente.

– Doutor, o senhor sabe bem que o presente não existe – disse Madame Irina. Só há o passado e o futuro. Assim que pensa no presente, ele já passou, já é passado. Como o que acabo de dizer agorinha mesmo.

– Então, isso também não existe – disse Heitor. Já é o passado.

– Exato – disse Madame Irina. E como o depois ainda não veio ele ainda não existe e, portanto, o futuro tampouco existe.

Heitor pensou que caso se demonstrasse, como ele acabara de fazer com Madame Irina, que nem o presente, nem o passado, nem o futuro existem, logo a gente terminaria perguntando se nós mesmos existimos. Era um pouco angustiante. Então, ele fez outra pergunta:

– Entendi. Mas o que a senhora "vê"? O futuro?

Madame Irina refletiu.

– Vou ser honesta com o senhor, doutor. Muitas vezes não sei bem o que vejo. Algumas imagens, sensações, mas nem sempre sei se o que vejo está relacionado ao passado de meu cliente ou ao seu futuro. Só consigo adivinhar, fazendo-lhe algumas perguntas.

– E há vezes em que não vê absolutamente nada?

– Claro. Ver não é uma coisa que se possa comandar. Quando não vejo nada, digo claramente a meu cliente ou a minha cliente e proponho outro encontro. Ou, então, dou um jeitinho – disse Madame Irina sorrindo.

– E, na sua opinião, o que acontece quando vê o futuro?

Madame Irina hesitou:

– De fato, doutor, acho que futuro, presente, passado, tudo isso depende do momento do tempo em que nos encontramos. Nós, neste exato momento, somos o futuro para as crianças que fomos, mas passado para as pessoas que seremos daqui a dez anos. Cada instante é ao mesmo tempo passado, presente, futuro. Mas estamos todos limitados ao nosso curso pessoal do tempo e, assim, a paisagem desfila sempre no mesmo sentido.

Isso lembrou a Heitor seu sonho a respeito do tempo no trem do qual não conseguia sair.

– E, então... – disse Heitor, que começava a entrever a extraordinária explicação de Madame Irina.

– Então, eu simplesmente creio, eu e algumas pessoas, que temos a capacidade de escapar de nosso trem do tempo pessoal e saltar de tempos em tempos em outros trens que partiram em horários mais ou menos deslocados uns dos outros.

– Isso quer dizer que há vários fluxos do tempo ao mesmo tempo? Mundos paralelos?

– Chame isso como quiser – respondeu Madame Irina.

E ela debruçou-se para acariciar o rosto de Heitor, que pensou que estava mesmo sonhando.

Mas, não. Era uma língua que lambia seu rosto e, súbito, sentiu o focinho molhado de um grande cão esquimó e ouviu a voz firme de Thomas: "Nume, para fora! Já!"

Heitor despertou por completo no momento em que Nume preparava-se para saltar sobre a sua cama, mas Thomas carregou-o dali.

Lá fora, ainda era noite e Heitor pensou que ele tinha dormido um dia inteiro. Mas notou certas mudanças: o céu passara do negro total ao negro azulado e ainda a uma cor de tinta azul um pouco diluída no horizonte. Heitor lembrava o que tinha aprendido na escola: neste lugar ao norte de todos os mapas a noite durava muito tempo.

– Vamos ver os inuits! – disse Thomas. Nume saltava em torno deles latindo de alegria.

Heitor pensou que pessoas que conheciam a cada inverno uma noite de três meses e a cada verão um dia de três meses teriam seguramente coisas interessantes a contar sobre o tempo.

Levou um tempo para anotar algo em seu caderno. Era difícil porque estava com os dedos enregelados:

Exercício de tempo número 9: Use o tempo que quiser para pensar. O passado não existe mais, portanto não existe. O futuro não existe ainda, portanto não existe. O presente não existe, pois assim que falamos nele, já é passado. Então, o que existe?

Olhando toda essa paisagem na noite escura, observando Thomas, que continuava brincando com Nume, e vendo as luzes da aldeia esquimó ao longe, Heitor pensou que tudo aquilo continuava a ser um sonho.

Exercício de tempo número 10: E se sua vida não fosse senão o sonho de outro? Neste caso, onde ele dorme?

HEITOR APRENDE A FALAR ESQUIMÓ

Heitor esperava encontrar um iglu de gelo, mas eles estavam em um iglu de pedra, que funciona como uma casa para os inuits. O iglu de neve é mais uma barraca, que eles montam só para passar a noite.

Heitor, Thomas, o chefe da aldeia e três outros caçadores mais jovens estavam todos sentados sobre uma belíssima pele de urso, e eles também usavam peles para se vestir. Embora tudo isso parecesse muito antigo, a luz, porém, vinha de pequenas ampolas elétricas muito modernas que consumiam pouquíssima energia.

– Esse é todo o problema – tinha dito Thomas. Como ajudá-los sem destruir seu modo de vida? Aqui estão os últimos inuits nômades da região, talvez do mundo.

As mulheres inuits mantinham-se um pouco afastadas, com as crianças e os bebês que uma ou duas delas amamentavam. De vez em quando, sorriam para Heitor e Thomas. Algumas eram bem bonitas, com seu rosto encantadoramente emoldurado pela pele, mas Heitor evitava olhar para elas, pois ele se lembrava de ter lido que, entre alguns esquimós, é sinal de boa educação oferecer uma mulher para a noite ao estrangeiro de passagem. Se isso acontecesse, em que ia dar sua boa resolução de não fazer mais bobagens?

– "Çudji!" – disse o chefe inuit, estendendo seu copo de plástico.

Heitor pensou que devia ser uma palavra inuit. Mas, não. Era simplesmente o que Thomas tinha lhes ensinado a dizer: "Saúde!". E os inuits logo adotaram a expressão.

Heitor perguntou-se o que bebiam. Era uma bebida ao mesmo tempo amarga, um pouco açucarada e bem salgada, com um gostinho de pedra no fundo e talvez de algum pássaro da região. Mas não deviam usar os melhores pedaços.

– É uma cerveja que fazem com o líquen que recolhem na primavera – disse Thomas.

– E é forte?

– Não. A menos que beba três litros.

Heitor percebeu que os inuits observavam-no e ele sorriu para mostrar que apreciava muito aquela cerveja de líquen.

– Termine o copo – sussurrou Thomas.

Heitor notou que todo mundo já tinha esvaziado seu copo e então, glut, ele fez a mesma coisa.

Os inuits sorriram de novo e voltaram a encher o copo de Heitor, exclamando "çudji!" várias vezes, e Heitor entendeu que ia beber os três litros.

O tempo continuava a passar muito lentamente para o gosto de Heitor. Perguntava-se como os inuits – e, sobretudo, Thomas, que sempre foi um apressado – podiam suportar um tempo tão lento.

– Acostumei – disse Thomas. De fato, é assim mesmo, durante a longa noite de inverno. Só dá para ficar no iglu, não podem caçar e vivem das reservas que fizeram na primavera. Tribos inteiras morriam de fome quando as reservas não eram suficientes para agüentar até a primavera. Agora, nós os ajudamos. Mas se os ajudamos demais, eles deixam de caçar e começam a ficar dependentes de tudo: álcool, televisão, filmes pornográficos. Logo precisam de psiquiatras.

Thomas explicou que em outros lugares, mais ao sul, havia vilarejos de pré-fabricados em que os inuits tinham todo o conforto moderno e não caçavam mais nada. Resultado: um psiquiatra passava todas as semanas para cuidar de todos os jovens que bebiam, cheiravam gasolina e outras coisas ruins, sobretudo no inverno, que agora tinha se transformado em uma estação entediante para eles, e não só o inverno, mas a vida em geral, porque também se entediavam na escola, por exemplo, ainda mais do que Heitor, quando Heitor era criança.

– Foram retirados de seu tempo natural e jogados no nosso, no tempo dos brancos, disse Thomas. Aí, é o horror, a delinqüência e tudo mais.

Heitor sentiu subitamente que, mesmo se os segundos de seu relógio em qualquer lugar do mundo fossem sempre os mesmos, o tempo não passava, porém, do mesmo jeito para pessoas de lugares diferentes do mundo. Isso era puro Aristóteles que, contudo, jamais vira um esquimó.

– E no inverno tudo anda ainda mais lentamente.

– E como é na primavera?

– Ah, bem o oposto disso que vê hoje. Tudo se agita, eles vão caçar, se deslocam, migram para outras aldeias, festejam. Depois... não param de fazer amor. Aliás, as mulheres voltam a menstruar, porque elas não menstruam no inverno.

Heitor lastimou não ter vindo na primavera: o tempo lhe teria parecido seguramente menos longo.

Thomas começou a conversar com o chefe, porque, como em todas as matérias da escola, ele logo tinha aprendido a falar o inuit.

O chefe fez: "Oooh" e olhou Heitor com um ar apreensivo.

– Droga! Eu disse que você era psiquiatra e agora ele acha que vai trazer maldições, como aconteceu com as outras tribos.

– Diga que estou em férias – sugeriu Heitor. E que me interesso pelo tempo que passa.

Thomas voltou a falar com o chefe. Ele escutava, olhando Heitor, e depois sorriu e disse algo a Thomas.

– Ele quer saber se você acha que o tempo dos inuits é o mesmo tempo que o tempo dos kablunaks. Kablunak é a palavra que usam para nos designar – disse Thomas. Se nosso mundo começou ao mesmo tempo em que o nosso, quer dizer, que o deles... isto é, se o mundo inuit começou ao mesmo tempo em que começou o mundo dos kablunaks, disse enfim Thomas.

Não contamos a você, mas, durante todo esse tempo, os çudjis tinham continuado e, agora, até Thomas tinha alguma dificuldade para dizer o que queria dizer.

Heitor respondeu que, em seu país, alguns pensavam que o tempo era o mesmo para todo o mundo. Outros, porém – ele pensava em Humberto ou em Madame Irina – perguntavam-se se não haveria tempos diferentes que passavam mais ou menos ao mesmo tempo.

O chefe sorriu e dirigiu-se a um jovem caçador, que se levantou e deixou imediatamente o iglu. Isso fez com que uma terrível corrente de ar penetrasse no aposento, que pareceu a Heitor uma eternidade gelada.

Mas ele via crianças inuits nuinhas que brincavam rindo sobre a pele de urso e pensou que para ser um bom inuit era preciso começar bem cedo.

O jovem caçador voltou com um inuit velhinho, inteiramente coberto de peles de raposa das neves. Dava para saber o tipo de pele, mesmo sem ser um grande conhecedor, pois as cabeças das raposas aninhavam-se em quase todos os lugares de sua roupa. Heitor percebeu que o ancião enxergava com um olho só. O outro, do lado de seu rosto marcado por uma cicatriz meio assustadora, era inteirinho branco. Quero dizer: se você encontrasse com ele à noite em seu apartamento quando fosse ao banheiro, teria soltado um grito que acordaria o prédio inteiro.

– Sei quem ele é, mas é a primeira vez que o vejo, disse Thomas. Você deu sorte... O olho é por causa de um urso, quando era jovem.

O velho inuit olhou Heitor longamente com seu olho único e Heitor sentiu também que todos os inuits olhavam para ele. Finalmente, o velho inuit veio sentar-se a sua frente e tomou suas mãos. Heitor pensou que elas eram geladas como as de um... Não... Melhor nem pensar... O velho inuit pôs-se a falar em inuit com ele, pelo menos é o que supôs Heitor, porque ele não entendia nadinha. Continuava a olhar Heitor, mas este tinha a impressão de que era o olho branco quem olhava para ele e começou a sentir muito sono. Achou que tinha bebido demais. Mas, ao mesmo tempo, Heitor sentia-se muito leve. Então, dormiu.

Pelo menos foi o que pensou.

Heitor viaja no tempo

Heitor caminhava por uma grande planície nevada, talvez uma grande montanha de neve, não sabia. O horizonte era tão vazio que ele tinha a impressão de ver a ligeira curvatura que lembrava que a Terra era redonda. Sempre andando, via-se a si mesmo; seu cabelo tinha se tornado tão branco quanto o do velho Arthur e seu rosto era tão enrugado quanto o dele. Não sentia frio e, contudo, estava vestido como se vestia em casa, apenas com uma calça e uma camisa velha e sapatos que usara há muito tempo para andar de barco. O silêncio era perfeito, só escutava sua própria respiração e as batidas de seu coração, que ele sentia, aliás, um pouco fatigado.

Heitor não sabia para onde ia, mas queria realmente sair daquela planície, pois, mesmo em sonho, o frio começava a ganhá-lo.

Casas começaram a aparecer. Cabanas feitas com toras de madeira, às vezes chalés um pouco maiores, com um fogo aceso no interior. Na soleira de cada casa, mulheres olhavam-no passar. Heitor reconhecia algumas – antigas namoradas que o fixavam com ar surpreendido ou às vezes um pouco tristes – e havia outras que nunca vira. Tinha de todas as cores que se encontra na face da terra e algumas muito, muito encantadoras mesmo. Cada vez que Heitor passava na frente de uma dessas casas, ele queria parar, imaginando que a mulher o acolheria com delicadeza e o esquentaria. Ao mesmo tempo, queria continuar andando. Quem sabe não encontraria um chalé ainda mais acolhedor e uma mulher ainda mais encantadora que as precedentes? Pensando em Clara, dizia a si mesmo, vagamente, que não devia fazer bobagens. Mas Clara não estava ali e, depois, enganar em sonho é, de fato, enganar?

À medida que caminhava, a noite caía. Pouco a pouco, não havia mais nada à vista. Queria dar meia-volta, mas tinha ido longe demais e não enxergava mais as casas que tinha deixado para trás. Aliás, com o dia que se ia no horizonte absolutamente plano, não sabia de fato de onde vinha. Mesmo seus traços tinham-se apagado na neve. Podia estar andando em círculos. O vento levantava-se, a noite chegava e Heitor não podia nem avançar nem recuar. Súbito, teve vontade de que o velho monge aparecesse. Isso lhe teria feito feliz. Mas, não, escurecia cada vez mais e Heitor só tinha por companhia o barulho do vento e os batimentos de seu coração cansado no meio da planície.

Súbito, viu o velho inuit que falava com ele segurando suas mãos, Thomas que olhava para eles, como todos os outros inuits, e até mesmo os bebês que pareciam um pouco amedrontados. Heitor olhava a cena toda do alto, como se fosse um grande pássaro sobrevoando o teto de pedra e de gelo, e depois ele ganhou altura, quando já era noite.

Heitor acordou. Estava deitado no grande iglu de pedra e notou que todo mundo dormia, inclusive Thomas, deitado perto dele, e que roncava um pouco alto. Só tinham acendido uma lamparina de óleo que iluminava o teto de pedra com uma doce luz acobreada.

Heitor começou a pensar em seu sonho. Talvez fosse tempo de se casar com Clara.

Heitor inventa o mundo

No dia seguinte (se é que a palavra "dia" faz sentido, veja bem, porque era sempre noite), Heitor e Thomas voltaram ao acampamento na hora do almoço.

No interior de uma grande tenda, Hilton, seus amigos e a bela pilota estavam sentados em torno de uma mesa de refeitório e o ambiente era bem alegre. Isso lembrou a Heitor as colônias de férias de quando era menino.

– E então, acostumando-se? – perguntou Hilton.

– Você parece descansado – disse a bela pilota, cujo nome era Eleonora.

– Meu amigo encontrou o xamã – disse Thomas.

Eleonora pareceu interessada:

– Ele fez você ver seu futuro?

– Tive medo – disse Heitor.

Não tinha vontade de dizer muito mais. O que tinha visto era seu futuro? Ia mesmo envelhecer sozinho numa planície infinita, ou seu futuro ainda podia ser mudado?

– De todo modo, não se pode predizer o futuro – disse Hilton.

– Ah, não? – retrucou Eleonora. E a meteorologia? Não prevê o futuro, por acaso?

Hilton reconheceu que se poderia, talvez, prever o tempo que faria com um ou dois dias de antecedência, mas não a vida das pessoas.

– E por que não? – insistiu Eleonora. Só é mais complicado, há mais fatores em jogo.

– No meu antigo emprego – disse Thomas –, tentávamos prever o curso da Bolsa. Era tão complicado quanto a meteorologia.

– Para poder prever a vida das pessoas, seria preciso ainda mais dados que para prever a chegada de uma tempestade – continuou Eleonora. Mas, em princípio, não é impossível. O futuro é sempre determinado pelo presente. O problema é que a gente não conhece o presente o suficiente para poder prever todo o futuro.

O que dizia Eleonora lembrava a Heitor uma palavra que ele tinha escutado no colégio um dia em que não achou as aulas muito aborrecidas: "determinismo". Lembrava-se de que um filósofo que usava uma bela peruca dissera que, caso se conhecesse absolutamente todas as condições do passado e do presente, poderia-se então prever o futuro com muita exatidão. Ainda uma pergunta a fazer ao velho Arthur.

– Tem gente que acredita que pode conhecer o futuro lendo o horóscopo – disse Hilton. Sempre achei ridículo.

– E se houvesse um pouco de verdade nisso? – disse Eleonora. Ela parecia um tanto enervada.

– Tolice – fez Hilton. Acreditar que se pode predizer o futuro seguindo dados astronômicos dos tempos antigos... Que tolice!

– É fácil negar o que a gente não entende – disse Eleonora.

Heitor adivinhou que Eleonora era daquelas que liam os horóscopos. Ela pilotava um avião em condições perigosas, levando em conta detalhadas previsões meteorológicas e a posição das estrelas calculada de modo perfeitamente científico e, mesmo assim, ela ainda olhava seu horóscopo antes de viajar. Como Clara, aliás. Era a primeira coisa que ia olhar quando comprava uma revista feminina. E Clara era capaz de fazer cálculos muito complicados em seu computador. Espantoso, não?

– De qualquer modo – disse Hilton –, os horóscopos podem ser interpretados de mil maneiras. O exato oposto da ciência.

– De jeito nenhum, depende de quais.

Heitor quis interromper uma discussão que ele previa que terminaria mal, pois percebia que nela se escondia uma outra discussão, como sempre acontece com as discussões que terminam mal. Percebia que Hilton tinha se apaixonado por Eleonora, que esta não o quis e que agora Hilton queria irritá-la um pouco, porque ele não gostava da idéia de ela não gostar dele ou para mostrar que era um homem de verdade e não o bobalhão que tinha sido com ela.

– O futuro já chegou – disse Heitor.

Todas as pessoas sentadas na mesa olharam para ele. Ele não percebeu que tinha falado muito alto. Tentou explicar melhor.

– O que vocês chamam de futuro, já é passado, em algum outro lugar, em outro tempo. Um futuro do pretérito, talvez...

Todo mundo continuava a olhar para ele sem dizer nada. Heitor ficou um pouco sem jeito. Tentou recuperar-se, dizendo alguma coisa divertida ou mais interessante.

– O que vivemos, aqui, talvez seja o sonho de um outro. E este sonho depende, talvez, daquilo que a pessoa que sonha jantou antes de ir se deitar... Um dia bom, é porque essa pessoa jantou uma boa sopa de legumes e um linguado com batatas ao vapor, e fez belos sonhos; um dia mau, é culpa de chucrute demais e muito vinho branco antes de ir para a cama, o que dá pesadelos.

– Vamos dar uma volta – disse Thomas.

Uma vez lá fora, Thomas olhou para Heitor com ar inquieto.

– Você está se sentindo bem? – perguntou a Heitor.

Heitor respondeu que se sentia muito bem e depois, oooops! Desmaiou.

Heitor canta na neve

Voltaram ao acampamento inuit de motoneve. Thomas achava que, na véspera, Heitor tinha bebido um pouco demais da cerveja de líquen, a qual ele não estava acostumado, e que os inuits talvez tivessem um remédio para curar aquilo. Heitor se deixava levar, mas estava de verdade um pouco apreensivo: e se o remédio fosse pior que o mal?

Enquanto o vento da corrida começava a gelar um pedaço de seu rosto deixado de fora, entre a beira dos óculos e a ponta de seu cachecol, Heitor observou que havia mudanças na paisagem: enxergava um pedaço de céu claro no horizonte, como se o sol fosse se levantar.

Heitor viu os inuits perto do iglu: estavam ajoelhados diante desse dia que nascia. Thomas cortou o contato de sua motoneve para não fazer barulho.

– Eles começaram a rezar – disse ele.

Era o período do ano em que os inuits rezavam todos os dias para que o Sol resolvesse, finalmente, mostrar-se.

– Eles levam uma vantagem sobre nós – disse Thomas. Esperam da vida simplesmente o que ela já lhes deu de melhor... como a primavera. Quer dizer, são assim enquanto não encontram os brancos. Agora, querem as motoneves e logo mais vão querer televisores também.

Um velho esquimó os viu e veio ao encontro deles. Quando se aproximava, Heitor reconheceu o xamã, que lhe pareceu muito menor que na véspera, simplesmente vestido de pele de urso como os demais. Thomas pôs-se a falar com ele em esquimó. O xamã respondeu sorrindo.

– Ele diz que você, para um kablunak, é um grande viajante – disse Thomas. Diz também que pode fazer você viajar ainda mais.

– Pergunte a ele se me fez viajar ao meu futuro.

Thomas traduziu.

– Ele diz que não sabe. A uma das vidas de antes ou a uma das vidas futuras, ele não tem como saber.

A resposta lembrou a Heitor o que lhe dizia Madame Irina sobre seus clientes e ele pensou que ela também era um pouco uma xamã.

– Ele acha que tenho várias vidas?

– Para eles, o tempo é cíclico – disse Thomas. Um eterno retorno, como o retorno das estações, como o retorno do Sol, que desaparece para depois voltar. Nós morremos, como o sol, e depois renascemos, como ele.

Heitor pensou consigo mesmo que, viajando com o xamã, ele não gostaria de descobrir todas as bobagens que já tinha feito em suas vidas anteriores nem, a rigor, aquelas que poderia evitar em vidas futuras.

– E como eles contam o tempo? – perguntou Heitor.

– Agora, alguns têm relógio.

– Sim, eu sei. Mas, e antes do relógio?

– Tinham o sentido do tempo. E observavam as transformações do céu. Aqui, é melhor voltar ao acampamento antes que a noite caia.

Heitor lembrou-se de ter lido em uma revista para psiquiatras que, mesmo sem relógio, a maioria das pessoas é capaz de medir o tempo sem se enganar em demasia, salvo quando dormem e, mesmo assim, isso ainda é possível. Mas, agora com relógios espalhados por todos os lugares, as pessoas perderam esse velho hábito. Prometeu anotar:

Exercício de tempo número 11: Esconda seu relógio. De tempos em tempos, anote a hora que imagina ser. Depois, confira com a hora do relógio.

O velho xamã escutava a conversa de Heitor e Thomas e não parecia impacientar-se. Súbito, Heitor pensou em todas as pessoas apressadas que já tinha encontrado em seu país. Aquela história de carregar um relógio na barriga...

– Pode perguntar a ele se, por vezes, tem pressa?

– Isso é um pouco difícil de traduzir – disse Thomas.

Ele começou a falar de novo com o xamã, que refletiu um pouco antes de responder.

– Ele diz que às vezes são apressados pelo tempo, sim.

– Mas, quando?

O xamã se pôs a cantar numa voz tão baixa que era quase como uma rocha roçando outra rocha.

Thomas escutava e começou a traduzir, tentando cantar igual.

– O vento levanta-se, é preciso, rápido, construir logo o iglu... Nanuk, o urso, corre na neve, é preciso, rápido, correr atrás dele e apressar nossos cães... A geleira começa a se abrir e é preciso, rápido, atravessá-la com nosso trenó... Minha bem-amada ficou na aldeia, eu preciso, rápido, voltar antes que ela escolha outro caçador...

O chefe retomou sua canção, mas dessa vez com um risinho maroto. Thomas riu também.

– O kablunak-que-conta-rápido vai voltar ao acampamento, é preciso, rápido, logo contar nossas peles. E virar inuits-que-vão-rápido-também...

Heitor pensou que, antigamente, ninguém apressava os esquimós! Só o que precisavam era ir mais rápido, de tempos em tempos, para alcançar o dia que caía, a caça que corria ou a bem-amada que se ia. E se perdessem a parada e caso se vissem, uma noite com seu trenó, em uma geleira quebrando-se abaixo deles, não era grave, porque sua vida de qualquer modo recomeçaria. Esse tipo de tempo fora aquele de todos os homens durante muito tempo. Na verdade, durante a maior parte do tempo, desde que os homens e as mulheres existem!

Súbito, Heitor teve vontade de cantar e a canção veio a ele sozinha. Então, com os pés na neve, ele cantou:

Corra, corra atrás da neve gelada
Corra atrás do dia em curso
Corra atrás do urso
Ou corra atrás da amada.
Mas não corra atrás do tempo
Não, não corra nunca muito tempo
Atrás do kablunak tempo.

Heitor ganha uma passagem

– Acho que você não devia ficar muito tempo por aqui – dissc Thomas.

– Mas, por quê? Estou me divertindo bastante. Além do mais, o tempo dos inuits é muito interessante.

– Está bem, mas acho que você está ficando... meio estranho.

– Não. É só porque estou relaxando um pouco – disse Heitor, mantendo-se reto no assento da motoneve, pois acabavam de passar por uma enorme geleira.

Longe, atrás deles, todos os inuits entoavam em coro uma nova canção, aquela de Heitor, traduzida por Thomas.

No momento de partir, o xamã presenteou Heitor com um dente de urso.

– Se a gente ficar mais um pouco por aqui, vão acabar propondo a você uma mulher – disse Thomas.

Então, partiram com a motoneve e Heitor alegrou-se por não ter feito bobagens dessa vez. Pensou que tinha algum mérito, afinal, pois notou que as mulheres inuits apreciaram seus talentos (até então desconhecidos) de compositor-intérprete. Durante essas longas noites de inverno, devia ser agradável ter um cantor dentro de casa.

Chegaram a uma geleira, que viam bem, pois era quase dia no horizonte, embora o sol não se mostrasse ainda. O resto da noite estava agora de um azul claro. (Uma geleira é como um enorme gelo que vai escorrendo muito lentamente, mas sempre se mantendo gelado.) Há alguns anos, essa geleira vinha fundindo, cada vez mais um pouco, a cada verão. Era por isso, talvez, que Hilton e sua equipe de caçadores de bolhas tinham se instalado em cima dela: era preciso aproveitar a geleira enquanto ela ainda estava por ali!

Eleonora também continuava por ali e Heitor notou seu aviãozinho vermelho um pouco mais afastado, em cima do gelo. Thomas estacionou a motoneve perto de uma enorme broca montada sobre três pernas que ia buscar as bolhas no fundo do gelo. Pessoas encapuzadas manipulavam-na, enquanto Hilton e Eleonora discutiam um pouco adiante. Pareciam contentes ao verem chegar Heitor e Thomas.

– Está melhor? – perguntou Eleonora a Heitor.

– Nunca estive tão bem – respondeu Heitor.

Hilton perguntou a Thomas se ele achava que os inuits poderiam ajudá-los a deslocar seu equipamento para outra jazida de bolhas.

– Problema nenhum – disse Thomas. Eles gostam da idéia de voltar no tempo graças a pequenas bolhas na neve. É meio parecido com o jeito que vivem: conseguir fazer muita coisa a partir de quase nada.

Heitor lembrou-se de que antes da chegada dos primeiros barcos dos brancos, os inuits jamais tinham visto madeira. Seus trenós eram fabricados com os ossos e as peles dos animais que caçavam. E era com sua gordura que conseguiam fazer fogo.

Heitor perguntou a Hilton e a Eleonora se iam ficar muito tempo nessa região do mundo.

– Eu gosto de pilotar – disse Eleonora. E aqui não é pior que em outro lugar qualquer. Ou, sim, é pior, mas por isso mesmo me interessa. Depois, as paisagens são magníficas na primavera.

Heitor perguntou a Eleonora onde ela morava habitualmente. Ela respondeu que deixava suas coisas em um quarto de hotel na última cidade de brancos antes de chegar em terra inuit.

Heitor entendeu que Eleonora não tinha, portanto, nem homem nem casa na vida. Parecia alguém sem nenhum elo, voando solitária por meio das montanhas de neve. Pensou consigo mesmo se ela pensava no tempo que passa (Heitor observou algumas pequenas rugas no canto dos olhos, das quais tinha falado Clara) e no tempo que tinha ainda para ter um filho.

– De fato, levar essa vida – disse Eleonora – faz esquecer que a gente já é adulto. Esquecemos o tempo que passa.

Dizendo isso, ela olhava sorrindo seu avião vermelho que de longe parecia um brinquedinho pousado no gelo.

– Podemos esquecer – disse Hilton –, mas *somos* adultos e o tempo passa, cada vez mais rápido.

E Heitor adivinhou uma vez mais a outra conversa que se escondia atrás daquela.

– Daqui a muito tempo – disse Eleonora – eu também serei um monte de pequenas bolhas no gelo, porque um dia vou me arrebentar contra essas montanhas com meu avião. E pessoas como você vão querer saber o que havia no sangue de uma mulher do século XXI.

E ela deu uma risada encantadora. Heitor pensou que já tinha encontrado mulheres difíceis, mas Eleonora não estava muito longe de bater os recordes do mundo, como podia notar pelo ar infeliz de Hilton.

– De todo modo – disse Eleonora virando-se para Heitor – um psiquiatra como você me diria que a fuga é um meio de escapar a algo! Conheço esse tipo de papo...

Seu tom era um tanto irônico e ela não parecia ligar muito para o que diziam os psiquiatras.

– O problema – disse Heitor – é não conseguir escapar do próprio desejo de escapar ao tempo que escapa.

– Escapar do próprio desejo de escapar ao tempo que escapa? – repetiu Eleonora.

– Sim, a vontade de sempre escapar ao tempo também pode ser uma prisão. As grades são invisíveis, mas nós as carregamos conosco.

Ele pensava em seu sonho, no cabelo tingido de seus colegas psiquiatras, em Magda e em seus suplementos de suplementos, em Clara e seu creme anti-idade, nos amores do velho Arthur. E pensava também em Eleonora, que não queria viver como uma pessoa adulta.

– Claro – continuou Heitor –, sair dessa prisão talvez seja ainda mais difícil que voar à noite acima da montanha em meio a uma tempestade de neve.

Eleonora olhou Heitor, Heitor olhou Eleonora, e Heitor disse a si mesmo que Thomas tinha razão, a cerveja de líquen lhe fazia dizer coisas que antes teria guardado para si.

Pensou também que seria bom ele não ficar muito tempo por ali...

Heitor e os perdurantistas

Heitor bebia um café bem quente enquanto lia na tela do computador de Thomas a resposta do velho Arthur à sua mensagem:

Caro amigo,

O que é divertido quando lemos os livros de filosofia é que percebemos que somos todos um pouco filósofos sem sabê-lo.

Enfim, o filósofo que pensava que se podia prever todo o futuro caso se conhecesse o passado era Laplace, um astrônomo do tempo da Revolução Francesa que achava que se podia prever o movimento dos planetas. Como ele sabia que não chegaríamos nunca a conhecer todo o passado, achava que, para prever o futuro, era preciso se virar com cálculos de probabilidades. Assim, ele inventou esses cálculos: há até mesmo uma lei das probabili-

dades que leva seu nome. Estou falando de uma época em que certos filósofos eram também muito bons em matemática.

O passado que não existe, pois não existe mais, o futuro idem, pois não existe ainda, e o presente que não existe porque logo é passado, você vai encontrar isso tudo em Santo Agostinho! Segundo ele, o tempo só existe em nós, pois nós percebemos a cada instante o passado, o presente e o futuro, ao que ele chama uma "distensão da alma".

A história dos mundos paralelos faz pensar em outro grande debate da filosofia. Uns pensam que passado, presente e futuro, não são verdadeiramente a mesma coisa. Lembramo-nos do passado, imaginamos o futuro etc. Vivemos no presente em um mundo de três dimensões, e esse mundo só existe no tempo presente, este que suportamos.

Outros dizem que passado, presente e futuro é como de pato a ganso – tudo a mesma coisa, pouco avanço. Depende do momento em que estamos. Cada objeto possui três dimensões, e mais uma quarta: o tempo, que perdura.

Com efeito, os primeiros podem ser chamados tolerantistas, os segundos, perdurantistas. Sua paciente vidente é uma perdurantista!

Mas, paro por aqui, pois penso que no pólo norte deve fazer muito frio e não se deve ficar muito tempo imóvel.

Heitor e as garrafas meio vazias

Heitor tirou as luvas e abriu seu caderninho. Pensou no tempo dos inuits e no tempo de sua infância no campo. Isso lhe deu uma idéia:

Exercício de tempo número 12: Pensando em todo o seu passado, tente prever todo o seu futuro (enfim, seu futuro mais provável).

Pensou consigo mesmo que este era um exercício que a gente faz com mais facilidade com os outros: prever se aquele casamento vai agüentar, se alguém vai dar certo naquela profissão ou se os filhos vão ser felizes na vida. Mas taí exercício que a gente nunca faz consigo mesmo! Ele também gostaria de prever o futuro e saber onde a seqüência de seus exercícios o levaria. Sobretudo esperava reencontrar o velho monge e mostrar a ele sua lista.

– Pronto, o motor está quente!

Era Thomas quem vinha avisar que o avião estava prestes a decolar. Despediram-se prometendo ver-se em breve.

Heitor encontrou-se no avião com Eleonora e com uma mãe inuit e seu bebê, que ela queria mostrar a um médico mais ao sul, porque o bebê não engordava, mesmo mamando bastante. Apesar do barulho do motor, o bebê estava muito calmo e mamava com ar muito compenetrado.

Para não incomodá-los, Heitor foi sentar-se ao lado de Eleonora, que estava muito ocupada controlando no painel um monte de mostradores de todas as cores e puxando e empurrando um bocado de botões. Depois, começaram a deslizar cada vez mais rápido sobre o gelo e de repente o motor soltou um uivo terrível e eles se viram no ar, voando cada vez mais alto.

O bebê continuava a mamar de olhos fechados e sua mãe inuit olhava-o com ar inquieto. Heitor pensou que a idéia de um velho inglês barbudo surgia mais uma vez: qualquer que seja a cor das pessoas ou a região do mundo em que vivem, as mesmas emoções as fazem rir, chorar ou sofrer. Na época do velho inglês barbudo, a idéia não tinha agradado muito às pessoas de seu país, que era gente daquele tipo que pensa que é muito melhor que os outros e, neste caso, sobretudo melhor do que os que tinham uma cor diferente da deles. E o velho inglês, um verdadeiro *gentleman*, aliás, gentil e educado, os tinha contrariado ainda mais, anunciando que todos os homens (e, atenção, as mulheres também) eram descendentes do macaco, inclusive aqueles que bebiam chá levantando o dedinho e fazendo "huumm".

Heitor também esperava que o bebê não estivesse muito doente.

– E então? – disse Eleonora. Gostou?

– Sim – respondeu Heitor. É como uma viagem no tempo. Vivem um pouco como nós vivíamos há muito tempo.

– Mas não será por muito tempo mais.

– Sim, e por nossa causa.

– É verdade – disse Eleonora. Por outro lado, agora os bebês recebem mais cuidados. Antes, muitos morriam.

Heitor pensou que essa, ao menos, era uma coisa que se podia dizer de positivo a propósito da civilização de onde vinham, ele e Eleonora: os bebês tinham mais chances, e suas mães também. De maneira geral, viviam muito mais tempo que os inuits de antigamente.

– Mas, observe – disse Eleonora – o que fazemos de nosso tempo suplementar. Pergunto-me se isso é mesmo uma boa coisa. A casa de repouso, por exemplo, não me parece nada muito louvável.

Heitor lembrou que essa era também uma nova invenção de sua grande civilização: a casa de repouso para idosos. Podíamos mesmo estar orgulhosos dessa invenção?

Heitor pensou que, de tanto pousar e decolar no gelo e de voar em meio a tempestades de neve, Eleonora tinha boas chances de escapar da casa de repouso.

Por outro lado, se ela não se apressasse em fazer filhos que mais tarde se tornariam bons filhos que se ocupariam dela quando estivesse velha, como se fazia em todas as outras civilizações do mundo, Eleonora aumentava bastante o risco de aterrissar um dia num quarto "miosótis" e topar com alguém que lhe diria: "Então, vovozinha, quer um pouco de geléia de damasco, hoje?" Essa pessoa não veria em Eleonora a bela jovem que fora um dia.

Isso lhe deu uma idéia para as casas de repouso, e para todos os pacientes idosos dos hospitais: deviam pendurar na parede de seu quarto algumas fotos do tempo em que eram jovens, para que as pessoas entendessem bem quem eram, realmente. Pois mesmo se o passado não existia mais, assim mesmo era útil lembrar-se dele para entender alguém. Heitor anotou:

Exercício de tempo número 13: Quando encontrar uma pessoa idosa, tente sempre imaginar como ela era quando mais jovem.

Depois de um pensamento desses, Heitor ficou um pouco triste e teve bruscamente muita vontade de beber uma taça de champanhe.

– E você, o que você vai fazer do tempo que lhe resta? – perguntou Eleonora.

Olhe só, pensou Heitor, o futuro também só existe no presente, quando vivemos ou quando falamos dele. Pensou em diferentes respostas e depois fez um grande esforço para dizer:

– Talvez ter um filho com a mulher que amo.

Eleonora ficou silenciosa algum tempo. Depois, ela falou:

– De fato, acho que não sou otimista o bastante para ter um filho. Penso que a vida é muito difícil, que o mundo será talvez pior mais tarde e não tenho vontade de pôr uma criança no mundo se for para oferecer a ela uma vida de sofrimento...

Mais uma vez, aquela mesma maneira de ver a vida como se ela fosse uma garrafa, que pode estar meio vazia ou meio cheia, pensou Heitor. Disse a si mesmo também que, para pensar assim, Eleonora devia ter levado um bocado de garrafas meio vazias na cara quando era pequena.

Heitor entende o segredo dos psiquiatras

Heitor encontrou sua cidade tal qual a deixara, com seus habitantes que tinham muito mais coisas que os inuits, mas que se inquietavam muito mais com o futuro e com o tempo que passa.

Heitor continuava atormentado pela idéia de que o velho monge estivesse talvez morto e que ele não o veria nunca mais. Recriminava-se por não ter ido vê-lo mais freqüentemente.

Para se distrair, fez umas perguntas a Clara a propósito dos cabelos tingidos dos homens. Na sua opinião, isso era bom ou ruim?

– Eu não gosto – disse Clara. Mas, por outro lado, se for bem feito, é verdade que dá uma aparência mais jovem. E hoje, para encontrar um emprego, é melhor não demonstrar muito sua idade. Você tem a sorte de não depender de ninguém para trabalhar. Pelo contrário, até.

Cabelos brancos, num psiquiatra, dão a impressão de que têm mais experiência e de que são mais sábios.

– Pode ser – disse Heitor. Mas, então, por que alguns de meus colegas...?

– Ah, não é pelos pacientes, posso jurar – interrompeu Clara. É para agradar a pessoas mais novas que eles. O dia em que eu vir você tingindo os cabelos, quebro uma garrafa na sua cabeça!

Essa reflexão agradou Heitor, pois isso queria dizer que Clara imaginava que eles estariam ainda juntos quando ele tivesse um monte de cabelos brancos! Lembrou-se de seu sonho em que caminhava pela neve com um cabelo tão branco quanto o do velho Arthur. Talvez, quem sabe, o velho inuit o tivesse feito viajar em uma de suas vidas anteriores?

Para mudar um pouco de assunto, Heitor ligou o computador e foi ver se tinha alguma mensagem para ele. E lá estava um recado de Thomas.

Caro Heitor,

Algo um pouco difícil de explicar.

O xamã inuit fala em você o tempo todo. Para ele, você é o kablunak-que-viaja. Veja só o que me disse ontem:

"O kablunak-que-viaja deve ir ao alto da montanha. Ele deve encontrar o não-kablunak-mas-também-não-inuit-que-ri-sempre. Senão, vidas muito ruins para ele e para alguém que ele ama, mais tarde."

O que acha?

Thomas.

Clara e o tempo que passa

Quando Heitor disse a Clara que ele queria ver se o velho monge continuava em seu monastério na montanha da China, Clara pareceu contrariada. Então, Heitor sugeriu que os dois fizessem juntos a viagem.

– Bem que eu gostaria – respondeu Clara. Mas estou me sentindo cansada. E se eu tiver férias agora, vai ser um inferno na volta.

"E eu, que tanto me esforço para não fazer bobagens" – pensou Heitor –, "não recebo muito apoio!"

Mas Clara não parecia inquieta com o fato de ele viajar sozinho. Talvez porque de algum modo soubesse que ele não pretendia mesmo fazer mais bobagens. Talvez também porque ela pensasse que, se ia ver um velho monge em seu monastério no alto de uma longínqua montanha na China, ele não faria mesmo muita bobagem. O que prova que as mulheres são às vezes um pouco otimistas demais.

Pudera! Só sendo mesmo alguém muito otimista para querer ter filhos e deles ocupar-se durante anos! O que prova também que a natureza é bem feita (mas nem sempre boa).

Mas Clara, embora não parecesse inquieta, parecia, porém, muito triste.

– Você está triste porque eu vou viajar? – perguntou Heitor.

– Sim... Quer dizer, não... – respondeu Clara.

– Sim-Não ou Não-Sim? – perguntou Heitor com ar muito sério. E ele conseguiu fazer Clara rir. Mas até seu riso era triste.

– E então? – perguntou Heitor.

Clara terminou dizendo que os dois se amavam, ela agora tinha certeza. Mas não sabia mais se iam conseguir casar e ter um filho.

– Tenho a impressão de que deixamos passar o tempo de fazer as coisas sem pensar muito – disse Clara.

Heitor estava um pouco perdido, mas Clara explicou. Achava que uma história entre duas pessoas é um pouco como a história da vida de uma pessoa.

– Acho que um casal, no começo, é como uma criança. Olha só: primeiro, tudo lhe parece novidade, e tem a vida toda pela frente. Quando cresce um pouco, porém, compreende melhor as coisas, e vai ficando adulto. Depois, o casal amadurece e vai envelhecendo até ficar parecido com alguém idoso. O casal morre porque um dos dois morre ou, hoje é mais freqüente, porque se separam. Acho que um casal é como um ser vivo que nasce, envelhece e morre.

– E você acha que o nosso não está mais vivo?

– Não, não acho – disse Clara. Seria simples demais. Mas acho que casar e ter filhos é mais fácil quando o casal é mais jovem, quando ainda não se conhece muito bem. Quando vive um tempo junto, sem tomar muitas decisões, o casal ganha idade e é mais difícil mudar as coisas. Não é mais o mesmo entusiasmo do início.

– Quer dizer que você não tem mais vontade de ter um filho?

Então, Clara começou a chorar.

– Acho que eu não estou mais muito em forma – disse ela, soluçando... Tenho a impressão de que o tempo está passando, que a vida logo vai terminar... E que não fiz muita coisa da minha vida. Nada de muito interessante. Fico me perguntando se eu sou mesmo uma pessoa interessante...

Luzinhas vermelhas piscaram rápido no cérebro de Heitor: *leitura negativa do passado, pessimismo, desvalorização de si.* Todos os psiquiatras do mundo sabem que essa maneira de ver as coisas é sinal de uma grave depressão. E Heitor pensou que Clara, de fato, parecia bem triste nesses últimos tempos, mesmo usando o creme anti-idade todas as noites antes de dormir.

Heitor abraçou-a. Ela chorava em seu ombro e ele sentiu crescer uma imensa ternura. Recriminou a si mesmo por não ter percebido mais cedo que Clara talvez se sentisse deprimida há já um bom tempo.

Mas, santo de casa não faz milagre mesmo. Heitor sabia de colegas seus que só perceberam que tinham um problema na noite em que a filha engoliu uma caixa inteira de tranqüilizantes ou quando a mulher tentou se enforcar na cortina da sala. O problema é que um psiquiatra, quando volta para casa, quer esquecer que é um psiquiatra. É como se tirasse os óculos de psiquiatra que usa o dia inteiro para voltar a ser alguém mais ou menos comum, não muito mais sabido que a média das pessoas. Além do mais, de tanto ouvir e conversar com muita gente, às vezes está tão cansado que não tem muita disposição para ouvir as pessoas de quem mais gosta. O que pode fazê-las infelizes.

Heitor pensou que Clara precisava conversar com um psiquiatra em quem ele tinha muita confiança: o velho Arthur. Ele saberia se Clara estava mesmo deprimida ou se era apenas uma melancolia passageira.

Clara continuava soluçando baixinho em seu ombro. Dizia que tinha a impressão de que o tempo tinha passado rápido demais, que tudo parecia no fim, que ela não tinha mais muito tempo, e Heitor perguntava a si mesmo o que seria pior: não ver o tempo passar ou pensar o tempo todo que o tempo passava?

Heitor e o Reino dos Céus

Na véspera de sua viagem à China, Heitor recebeu em seu consultório alguns pacientes que ele queria ver antes de partir. Queria ter certeza de que podiam passar um tempo sem ele. Ou saber se seria preciso encaminhá-los rapidamente a um de seus colegas. Alguns, talvez, seria melhor se fossem descansar num lugar calmo e tranqüilo com moças e moços vestidos de branco e muito gentis.

Primeiro, Rogério.

Rogério era um rapaz forte, que dava a impressão de ser muito nervoso. Não que fosse bravo. O problema é que Rogério acreditava que Deus (e às vezes o diabo) falava com ele pessoalmente. Escutava as vozes em sua mente e às vezes respondia em voz alta, o que surpreendia um pouco as pessoas que o viam conversando sozinho pela rua. Rogério não era uma má pessoa, mas podia ficar bravo de verdade e todo vermelho e muito nervoso quando alguém ria dele ou, bem pior, quando riam do seu bom Deus. Assim, passou boa parte da sua vida internado em um hospital psiquiátrico, usando uma quantidade de remédios que daria para fazer dormir um cavalo – ou vários pôneis, se preferir.

Mas, há alguns anos, Heitor tinha conseguido convencer Rogério a guardar seus pensamentos consigo. Rogério ia bem melhor ou, pelo menos, não precisava tomar todos aqueles medicamentos nem ficar mais no hospital. Agora, conversava com Heitor e com as pessoas de quem ele gostava.

– Quer dizer, então, que você se vai... – disse Rogério.

– Vou. Mas não por muito tempo, duas ou três semanas no máximo.

– Nunca se sabe – disse Rogério.

– Nunca se sabe o quê? – perguntou Heitor.

– Não sabemos nem o dia nem a hora... Estamos na mão do Altíssimo...

Heitor ficou um pouco apreensivo. Quando Rogério começava a falar assim, a coisa podia durar muito tempo e ele ainda tinha consultas pela tarde inteira. Teve uma idéia.

– Diga-me uma coisa, Rogério. O que acha do tempo que passa?

Rogério franziu o cenho, o que impressionava um pouco. Heitor sabia que era porque ele refletia. Finalmente, Rogério disse:

– Não é o tempo que passa... Somos nós quem passamos.

Heitor achou a reflexão excelente.

– Eu li isso – disse Rogério. Ou ouvi...

Heitor percebeu que Rogério ia começar a se concentrar em suas vozes. Então, ele lhe perguntou:

– E o que você sente, sabendo que nós passamos, que envelhecemos?

– Isso nos aproxima do Reino dos Céus – disse Rogério. Então, o tempo acabará e começará a eternidade!

Rogério parecia muito feliz em pensar no Reino dos Céus.

– Quer dizer que não tem medo de envelhecer? Não tem vontade de retardar a marcha do tempo?

Rogério pareceu um pouco chocado com a idéia de querer frear a marcha do tempo.

– Mas o tempo só a Deus pertence! – disse, falando um pouco mais alto.

Heitor pensou que Rogério talvez tivesse mesmo alguns parafusos a menos, como se diz. Contudo, ele parecia muito mais satisfeito com o tempo que a maioria das pessoas que Heitor conhecia. Se Rogério pudesse falar a esse respeito um pouco mais calmamente...

Mais tarde, Heitor anotou em seu caderno:

Exercício de tempo número 14: Pense que envelhecer talvez aproxime você do Reino dos Céus (ou da denominação que esse lugar tenha em sua religião).

Algumas pessoas podiam pensar, é claro, que isso as aproximaria mais do inferno. Mas, em geral, as pessoas que pensavam assim não eram aquelas que teriam realmente merecido o Reino dos Céus.

Heitor, o psiquiatra dos cães

A secretária disse a Heitor que uma pessoa tinha pedido uma consulta de urgência.

Era Fernando, com seu cão.

– Estou com um problema – explicou Fernando. Quando eu o deixo sozinho em casa, ele late o tempo todo, faz xixi em todo canto, come os pés do sofá...

Olhando aquele cachorro tão calmo e tão bem educado, parecia impossível imaginar uma conduta tão má.

– Acha que faz isso para me punir quando eu saio? – perguntou Fernando.

– Não – disse Heitor. Quando você sai, e ele se vê sozinho, não tem como saber se é para sempre. É uma reação de pânico.

Heitor parecia assim tão sabido do comportamento canino porque tinha conhecido alguns veterinários que se especializaram na psicologia dos cães. E quanto mais essa gente estudava os cães, mais achava que eles se pareciam com as pessoas e com as crianças.

– Seu cachorro não consegue imaginar o futuro – disse Heitor. Ele vive só no presente ou, no máximo, num futuro muito imediato.

– É verdade – disse Fernando. Quando percebe que estou preparando sua tigela de ração, ele sabe direitinho que vai comer. Ou, então, quando pego a coleira, ele sabe que vamos passear.

– É isso mesmo – disse Heitor. O futuro imediato. Mas ele não pensa, nem imagina o futuro. Vive num eterno presente.

Fernando olhou seu cão. Depois, disse:

– Pelo menos esse é um que não conta sua vida em cachorros...

Heitor prescreveu, para o cão de Fernando, um medicamento que tratava da angústia das pessoas. De fato, era um remédio contra a depressão, porque a depressão é um pouco o sentimento de ser abandonado. Portanto, o remédio funcionava também contra a angústia do abandono.

Aquela consulta fez Heitor refletir. Os animais não vivem no futuro nem tampouco no passado. Isso lhes evitava muitas inquietações, como pensar na duração da vida. Mas, por outro lado, quando o presente vai mal, todos esses bravos animais não podem enfrentá-lo com a esperança de um futuro melhor nem com as boas lembranças de um passado feliz. Para eles, o inferno do presente parece eterno, sem começo nem fim.

Se as pessoas pudessem escolher, prefeririam viver como os animais? Aqueles que diziam que é preciso viver sempre o instante presente, sem inquietar-se com o futuro nem ruminar o passado, não aconselhavam, a propósito, a pensar como as vacas? Alguns eram "filósofos", o que quer dizer, caso você não lembre, "aqueles que amam a sabedoria".

A sabedoria das vacas? A ausência de inquietação das vacas? Seu ser-vaca-no-mundo, teria dito um filósofo que usava um bigodinho. Era tão difícil entender o que este filósofo queria dizer com o que dizia que até as pessoas que escreviam livros a seu respeito nem sempre concordavam quanto àquilo que ele tinha, de fato, querido dizer. Ainda mais uma pergunta para o velho Arthur.

Heitor anotou:

Exercício de tempo número 15: Imagine que você seja uma vaca. Não lembra que foi criança, não sabe que vai morrer. Você seria mais feliz? Se pudesse escolher, preferiria ser uma vaca? Ou então outro animal? Qual?

Heitor lembrava-se também de que outro filósofo, este com um bigode enorme, escrevera justamente que as vacas tinham muita sorte de viverem num presente eterno sem serem molestadas demais pelas lembranças. Pensava que a única maneira de ser verdadeiramente forte ou feliz na vida era ser capaz de esquecer! Estranho e terrível é que este mesmo filósofo morreu de uma doença que suprimia de sua mente a memória e até mesmo o pensamento!

Heitor estava pensando qual animal ele gostaria de ser. Uma gaivota? Um golfinho? Mas sua secretária disse que Magda já estava esperando.

Heitor e o tempo perdido

– Encontrei alguém mais louco que eu – anunciou Magda a Heitor.

– Mais louco que você?

– É. Incrível!

E Magda soltou um risinho que mostrava seus belos dentes branquíssimos (ela fazia limpeza com freqüência). Contou que tinha encontrado um homem muito importante que estava apaixonado por ela.

Era uma boa notícia.

– Ele tem quase vinte anos mais que eu – disse Magda.

– E então? – disse Heitor.

– Ah, não parece, de jeito nenhum! E para mim isso não é nenhum problema.

– E então? – perguntou de novo Heitor. Onde está o problema?

Magda tinha trazido uma fotocópia da agenda do novo namorado. Todas as páginas estavam preenchidíssimas, com coisas como "assembléia geral" ou "chegada em Munique" ou "comitê executivo". Depois, embaixo de cada dia, havia uma pequena linha. Heitor leu: *tempo perdido: 35 minutos. Tempo restante: 7456 dias.*

– Os trinta e cinco minutos é o tempo que ele estima ter perdido nesse dia. Um dia bom, para ele, é quando consegue perder menos de dez minutos.

– E os 7456 dias?

– É o número de dias que acha que sobram para ele viver.

Magda explicou que o dito senhor – chamava-se Paul – tinha feito muitos cálculos. Dá para saber o tempo que sobra, *provavelmente*, para a gente viver, calculando muitas coisas: a idade média em que morrem os membros de sua família, sua tensão arterial e outras informações mais que conhecem os médicos.

Quer dizer que Paul tinha encontrado, portanto, seus próprios exercícios de tempo! Percebia claramente, todos os dias, que seu Ser-no-Mundo, como diria o filósofo do bigodinho, ia logo terminar. Em uma palavra: vivia pensando que um dia morreria. Heitor bem que gostaria de conhecer Paul e saber se pensar assim de fato o ajudava a viver melhor.

– Eu queria que ele tivesse vindo comigo, hoje, para a gente conversar, os dois, mas ele estava sem tempo!

De todo modo, Heitor também não tinha muito tempo, porque ele ia viajar para a China.

Ia mesmo? – você deve estar perguntando. Ia deixar Clara sozinha, assim tão triste?

Pois é. Ele tinha pensado em adiar a viagem por algum tempo, até que ela melhorasse. Mas quando disse a Clara que ia retardar um pouco a viagem à China, ela não concordou. Era melhor ele ir logo, disse, porque caso nunca mais visse o velho monge ela ia ficar com a sensação ruim de que a culpa tinha sido dela.

– Mas... – disse Heitor.

Clara teve então uma idéia muito amável e muito atinada. (Você vai entender por que Heitor tanto a amava): quem sabe – disse ela – o velho monge não lhe ensinaria muitas coisas sobre o tempo que passa... E quando Heitor voltasse, poderia contar a ela o que aprendeu e isso certamente a ajudaria. Heitor lembrou o que tinha dito o xamã inuit.

Então, Heitor foi à China, pensando muito em Clara.

Heitor nas alturas

No avião, havia uma pequena tela, onde Heitor podia ler:

Horário na partida: 16 horas.
Horário local na chegada: 23 horas.
Tempo restante: 11 horas.
Hora estimada de chegada: 8 horas.

A tabela lembrava essa coisa muito estranha, que os homens só entenderam muito tarde: a hora não é a mesma nos diferentes lugares do mundo porque a Terra é redonda e gira sobre si mesma em torno do Sol, como uma dançarina um pouco rechonchuda girando em torno de uma fogueira. Por isso, os diferentes habitantes dos diferentes lugares do mundo recebem o meio-dia (que é quando estamos bem na frente do Sol) um de cada vez, assim como a bailarina não pode se esquentar na fogueira de todos os lados ao mesmo tempo.

No banheiro, Heitor teve uma idéia (ele sempre tinha muitas idéias no banheiro): se, ali no avião, não houvesse nenhum relógio, ele saberia medir o tempo que passa? Saberia, claro, baseando-se, por exemplo, no momento em que as aeromoças servissem o café, o almoço e o jantar. Ou, então, tentando observar as diferentes paisagens que o avião sobrevoava. Mas, e se ele estivesse sozinho no avião e todas as janelinhas estivessem fechadas e ele não pudesse ver nada se movendo nem no interior do avião nem lá fora? E se ele estivesse trancado no banheiro? Poderia, mesmo assim, medir o tempo que passa contando os batimentos de seu coração. De qualquer modo, só podia fazê-lo porque algo se movia. E se ele estivesse amarrado, sem poder medir sua pulsação? Sentiria, de qualquer forma, o tempo passar, observando os pensamentos desfilarem por sua cabeça. Mais uma vez, era porque algo se movia. Isso correspondia, aliás, a pequenas moléculas agitando-se em nosso cérebro. Heitor pensou que tinha pensado muito bem, estava de parabéns. Deixou o banheiro satisfeito, voltou ao seu lugar, pegou seu caderninho e anotou:

Exercício de tempo número 16: Concentre-se e tome consciência de que não há tempo sem movimento, nem movimento sem tempo. O tempo é a medida do movimento.

Heitor leu de novo, mas não entendeu muito bem o que tinha querido dizer. O pensamento tinha se movido em sua cabeça e já não lhe parecia assim tão bom. Não era muito claro.

Lembrou-se então do que tinha dito o velho Arthur: "O tempo é o número do movimento segundo o anterior-posterior. Aristóteles". Ele precisava ler Aristóteles ou, melhor, relê-lo, pois lembrava de ter lido uns trechos quando estava no colégio. Recomeçou a refletir, mas não por muito tempo, pois já era hora do almoço e a aeromoça instalou uma bandeja cheia de coisas boas à sua frente.

Quer dizer, não tão boas, de fato, porque dessa vez Heitor estava viajando na parte menos cara do avião e seus joelhos começavam a criticá-lo pela economia. Pensou consigo mesmo que o tempo ia lhe parecer bem longo, como a noite passada na barraca de Thomas. Mas, tudo bem! Teria tempo para pensar em Clara e em tudo o que poderia fazer quando voltasse para que ela fosse mais feliz.

Heitor conversa com o vizinho

No avião, sentado ao lado de Heitor, havia um senhor chinês com uns óculos pequenos de aros redondos que lia um jornal escrito em chinês. Era um senhor muito polido: quando seu cotovelo esbarrou no de Heitor a primeira vez, ele logo o retirou do braço da poltrona e, como Heitor também era muito polido, ele fez a mesma coisa e agora ambos guardavam o cotovelo junto ao corpo e o braço da poltrona entre eles continuava vazio. O senhor chinês parecia idoso, mas Heitor observou que ele tinha os cabelos tingidos. Portanto, a doença do medo do tempo que passa era bem aquilo que os médicos chamam uma pandemia, isto é, podia ser encontrada em qualquer canto do mundo. E não seria amanhã que inventariam uma vacina contra ela! – pensou Heitor suspirando.

A comissária veio perguntar se ele preferia camarão com massa chinesa ou pato com legumes e Heitor escolheu os camarões, pois pensava que ele mesmo teria sido capaz de matar os camarões (bastava tirá-los da água), mas que, com certeza, não teria coragem de matar um pato, que pode sentir medo, alegria e dor, como qualquer um de nós. Pode até afeiçoar-se a você como um cachorrinho, se pegá-lo bem cedo quando sai do ovo, ao passo que, se tentar fazer a mesma coisa com um camarão, você verá como vai ficar desapontado.

A aeromoça era bonita como uma aeromoça, mas parecia um pouco rabugenta, como se estivesse farta daquele trabalho e de perguntar às pessoas dezenas de vezes: "camarão ou pato?" Heitor pensou mais uma vez que ele tinha muita sorte de ter um trabalho que era um pouco diferente a cada dia. Pois, se *a vida intensa faz parecer o tempo curto e os anos longos,* quanto mais você faz um trabalho sempre parecido, ao contrário, mais se arrisca a se cansar e mais o tempo passa muito lentamente, ao passo que os anos, ai!, estes passam muito rapidamente. Esperava sinceramente que a comissária recebesse uma promoção ou que encontrasse um bom marido ou então um novo emprego mais provocador e mais excitante, pelo menos no começo.

Heitor pensou que poderia tentar distraí-la. Puxar uma conversa com ela, por exemplo. Mas lembrou-se de Clara chorando em seu ombro e isso lhe tirou toda vontade de tentar qualquer aproximação. Estava mais uma vez comprovado que, se o passado não existe mais, ele deixa, porém, muitas marcas. Ele existe, portanto, pelo menos um pouco, no presente. E, no íntimo de Heitor, algumas dessas marcas tinham o nome Clara.

Lançou um olhar ao jornal escrito em chinês do senhor ao seu lado. E o que viu? Você não vai acreditar: mais uma foto do velho monge sorrindo! Mas era estranho, pois havia outra foto dele, também como monge, uma foto já muito antiga, com uns senhores e senhoras a sua volta vestidos como antigamente – parecido com aqueles que você pode encontrar no *Lótus azul*, o álbum de Tintim de que Heitor mais gostava.

Na foto, parecia que o velho monge era quase tão velho quanto hoje. "Sem dúvida, deve ser uma foto de seu pai", pensou Heitor.

Perguntou ao senhor chinês, muito polidamente, de que tratava o artigo a respeito do velho monge e o senhor respondeu-lhe num excelente inglês que o monge tinha desaparecido.

Heitor disse que isso ele já sabia, que estava nos jornais de seu país há alguns dias, e sabia também sobre a grande briga entre a China e os outros países que a culpavam pelo desaparecimento do velho monge.

– Sim – disse o senhor chinês. Mas há novidades.

Explicou a Heitor que, durante muito tempo, pensou-se que o velho monge fosse filho de outro velho monge célebre e, depois, percebeu-se que não era bem assim. O velho monge não era filho do outro velho monge, mas ele mesmo seu pai. Quer dizer, não seu pai, porque ele não tinha filho. Para ser mais claro, porque eu acho que você não entendeu nada: era sempre o mesmo velho monge do começo ao fim, e não um pai e um filho. E, desde que começaram a perceber que se tratava da mesma pessoa e comentavam o assunto, o velho monge tinha desaparecido.

– Hoje, ele teria qual idade? – perguntou Heitor.

– Cento e vinte, cento e trinta anos – disse o senhor chinês, olhando Heitor atrás de seus óculos redondos, com um sorriso que era quase de desculpas por dizer coisas tão bizarras para o ouvido de um ocidental.

Heitor compreendeu por que o velho monge era tão sábio: ele teve verdadeiramente tempo para compreender direito as coisas.

Heitor e a canção do tempo

Heitor voltava àquela cidade chinesa à beira do mar e ao pé da montanha. Reencontrou o odor do mar, os edifícios enormes brilhantes como lâminas de barbear – e tinham crescido ainda outros desde então – e, claro, a montanha à qual ele fora um dia em um trenzinho e onde, ainda caminhando mais ao alto, tinha descoberto o monastério do velho monge.

Seu hotel não era aquele em que ficara da outra vez. Fez de propósito, pois não queria que o quarto lhe fizesse recordar antigas memórias – como a formosa chinesa, Ying Li, cantarolando pela manhã no banheiro. Com isso, Heitor logo se sentiu um pouco só, pois agora seu amigo Thomas não morava mais naquela cidade, mas estava entre os inuits, o velho monge tinha desaparecido e ele pensava consigo mesmo se seria uma boa idéia telefonar para a única outra pessoa que ele tinha conhecido naquela cidade: Ying Li, justamente.

Saiu do hotel e viu-se em meio a uma multidão de chineses e chinesas, quase todos vestidos para ir ao escritório, pois era cedo e, além do mais, estavam numa parte da China em que as pessoas trabalhavam muito nos escritórios e nada no campo. Todos pareciam apressadíssimos e era por sorte que Heitor não caía da calçada em que todo mundo andava se atropelando. Sem dúvida, embora as pessoas ali se parecessem um pouco com os inuits (afinal, eram primos longínquos), elas penderam, contudo, completamente para o tempo dos brancos e agora também carregavam um relógio na barriga. Por outro lado, isso os fazia ganhar muito mais dinheiro que os outros chineses da China e podiam ter casas melhores e manter seus filhos na escola por mais tempo. O que permitiria a esses pequenos, por sua vez, ganharem mais dinheiro, e assim também seus filhos iriam à escola, e assim por diante... Parecia verdadeiramente impossível voltar ao tempo dos inuits. Aliás, eles nem tinham nenhuma vontade.

Ao pé das grandes torres, Heitor reencontrou a velha estação de trem e os mesmos vagões de madeira do trenzinho que levava ao alto da montanha. Lá estava um velhinho chinês, com um boné, vendendo os bilhetes e sorrindo para ele como se o reconhecesse. Heitor esperou no trem a hora da partida. Ainda era cedo e não havia mais ninguém. Depois, um casal de turistas veio sentar-se à sua frente.

Eram pessoas de mais idade que vinham de um país não muito longe daquele de Heitor, um país que tinha ainda uma rainha e ao qual tinha pertencido essa cidade da China durante muitos anos. O cabelo dos dois era branco como o do velho Arthur, seus olhos de um azul pálido, e eles caminhavam um pouco devagar, como caminham as pessoas idosas, mas eram sorridentes e pareciam muito felizes. Disseram gentilmente bom-dia a Heitor e sentaram-se no banco à sua frente.

Heitor estava contente de ver pessoas tão alegres e que pareciam ainda se amarem depois de, certamente, muitos anos vividos em comum e a quem só sobrava um cão para viver, como teria dito Fernando. Aquele casal lhe daria, talvez, boas idéias para seus exercícios de tempo. E isso poderia, quem sabe, ajudar muita gente. O problema, com a psiquiatria, é que ela estuda sobretudo as pessoas que não estão bem, ao passo que se estudasse um pouco mais as pessoas felizes, isso provavelmente terminaria ajudando as demais.

Mas Heitor sabia que havia pessoas dotadas para a felicidade e que não tinham grande coisa a dizer a respeito, um pouco como alguém que canta muito bem, mas não sabe explicar direito como consegue.

O trem começou a mover-se lentamente, rangendo, pois estava preso a cabos parecidos com os de um elevador. A subida era íngreme demais para um trem normal.

Pouco a pouco, o trem ultrapassou o nível dos edifícios que mais pareciam enormes torres e entrou na floresta, quase uma selva. Era estranho encontrar uma floresta assim selvagem tão próxima a uma cidade tão civilizada.

O trem saiu da floresta. A vista era magnífica. Viase, em alguns pontos, o mar sombrio como chumbo e, em outros, a cidade brilhando sob o sol e, mais ao longe, algumas ilhas, ainda outras montanhas e a grande China lá no horizonte.

O casal apontava toda aquela maravilha dizendo: *How beautiful* ou *Look at this, darling*, como se cada um quisesse certificar-se de que o outro não perdia nada do espetáculo.

Heitor perguntou se era a primeira vez que vinham à China. E o senhor respondeu que não, eles já a conheciam muito bem. Quando se aposentaram, voltaram ao seu país natal, mas tinham vivido naquela cidade por muitos anos, quando ela ainda pertencia ao seu país. Voltavam para visitá-la todos os anos e, a cada vez, achavam a paisagem ainda mais magnífica.

Trevor e Katharine – eram seus nomes – tinham sido professores. Katharine ensinara desenho e Trevor os grandes escritores e os poetas. Alguns de seus alunos guardavam boas lembranças e continuavam a lhes enviar cartões-postais todos os anos.

– Teríamos ficado aqui – disse Katharine. Mas queríamos estar mais perto de nossos filhos e netos.

– Depois, embora isso aqui continue a ser maravilhoso, não é mais a mesma coisa – disse Trevor.

– E em que sentido não é mais a mesma coisa? – quis saber Heitor.

– A cidade mudou... – disse Trevor.

– Fomos nós quem mudamos, *darling*! – retrucou Katharine.

E essa reflexão os fez rir. Mas, no fundo, não era uma constatação muito alegre. Heitor pensou que aqueles dois cantavam muito bem a canção do tempo.

Heitor faz amigos

Trevor e Katharine continuaram a conversar com Heitor. Quando o trem chegou lá no alto da montanha, os três desceram juntos e se puseram a caminhar pela estrada entre as belas montanhas chinesas. Heitor andava bem devagar para não cansá-los. Na conversa, Heitor descobriu que eles também tinham conhecido o velho monge!

– Ele era muito célebre por aqui – disse Trevor. Quando voltou, depois de todos esses anos por lá...

E Trevor mostrou ao longe, no horizonte, a grande China, onde nem tudo tinha sido muito divertido para os monges em certa época.

– Vínhamos ao monastério só para tomar chá com ele – disse Katharine. Eu queria convidá-lo a nossa casa, mas ele se desculpava dizendo que preferia que viéssemos vê-lo aqui, porque na sua idade não queria mais ir à cidade, tudo andava rápido demais para ele. Dizia que no monastério podia esquecer pois as coisas tinham mudado muito.

"Olha só", pensou Heitor, "então o velho monge também tinha problemas com o tempo que passa!"

– E a idade dele? – perguntou Heitor.

– Ah, toda essa história... – disse Trevor.

– De qualquer modo, se isso fosse mesmo verdade – disse Katharine – não somos assim tão velhos para tê-lo conhecido jovem!

E os dois deram uma deliciosa risada.

Chegaram à vista do monastério, com seus beirais de telhado recurvados à moda chinesa e suas janelinhas quadradas.

Mas, dessa vez, o lugar não estava muito tranqüilo, como de hábito, pois havia uma enormidade de carros estacionados diante do portão, um bocado de gente que parecia esperar para poder entrar no monastério e muitos caminhões de diferentes cadeias de televisão. E também alguns policiais uniformizados que se mantinham postados diante da entrada do monastério, para evitar que gente demais fosse incomodar os monges.

Perto do carro de uma rede de televisão, uma moça que parecia chinesa falava diante de uma câmera, com um microfone na mão. Seu inglês era tão perfeito quanto o de Katharine e seu penteado não se desmanchava um fio nem com todo aquele vento.

– Estamos aqui diante do monastério e o representante dos monges nos repetiu que não tem nenhum comentário a fazer – dizia.

Heitor via atrás dela uma grande tela de televisão. A moça aparecia numa metade da tela, enquanto a outra metade era ocupada por um apresentador de cabelos grisalhos e de aparência calma sentado atrás de uma mesa. Devia estar muito longe dali. O apresentador perguntava à moça, que ele chamava de Jennifer, se não tinha mais notícias do velho monge ali no monastério. Jennifer respondia: "Não, John, estamos aqui no monastério e não temos mais notícias do velho monge". E insistia que ela se achava justamente diante do monastério onde vivia o velho monge antes de desaparecer. Depois, John lembrou aos espectadores que os dois, Jennifer e ele, conversavam diretamente, John do estúdio, Jennifer ali do alto da montanha chinesa, diretamente do monastério do velho monge. E Jennifer respondia que, de fato, ela estava diante do monastério, conversando diretamente com John, e que ali, diante do monastério, todos queriam saber o que tinha acontecido com o velho monge que desaparecera. E eles continuaram essa conversa esquisita, que não dizia absolutamente nada, um de cada lado do mundo. Mas como o desaparecimento do velho monge e a idade que lhe davam era um grande acontecimento, eles precisavam dar a notícia o tempo todo e por muito tempo. Heitor pensou que devia ser um trabalho difícil e muito cansativo, este de John e de Jennifer. Um pouco como perguntar "pato ou camarão?" centenas de vezes. O tempo devia parecer muito longo para os dois, pois se a duração é um jorro ininterrupto de novidade, como disse um filósofo de quem Heitor se lembrava vagamente, novidade não havia muita para Jennifer e para as pessoas que a viam em todos os lugares do mundo. A televisão ia muito rápido de um lugar a outro – não muito distante da velocidade da luz – e tudo isso para fazer parecer o tempo longuíssimo para aqueles que a assistiam!

Heitor teve uma idéia. Suspeitava de que o velho monge não estivesse mais no monastério. As pessoas o teriam descoberto, se estivesse ali, sobretudo a polícia chinesa, que tinha todo o interesse em encontrá-lo para que parassem de incomodar a China. E Heitor pensou que a televisão era vista em todos os lugares do mundo, nos grandes hotéis e também nas pequenas choupanas, barracas e cabanas de todos os lugares. Ele acabava de encontrar um meio de enviar um sinal ao velho monge.

Heitor desculpou-se junto a Trevor e Katharine e, enquanto Jennifer continuava corajosamente a falar sem dizer nada, ele foi dizer aos jovens chineses de sua equipe que tinha conhecido bem o velho monge, porque ele era um psiquiatra especialista no tempo e tinha feito muitas visitas ao monge, pois o velho monge conhecia muita coisa a respeito do tempo.

Heitor na televisão

Foi assim que Heitor foi visto por três minutos na televisão do mundo inteiro, tendo por fundo as belas montanhas chinesas, bem verdes, de que gostava tanto. Disse que, hoje, todo mundo parecia cada vez mais atormentado pelo tempo que passa. E ele achava que o velho monge teria seguramente resposta para os problemas que isso traz a tanta gente.

– Que tipo de problema, por exemplo? – perguntou Jennifer.

– É melhor lutar contra o tempo, tentando manter-se jovem por muito tempo, ou aceitar que ele passe, aceitar sua idade? – disse Heitor.

Jennifer conseguiu manter-se calma e séria, mas Heitor bem sentiu que aquela pergunta abalava-a um pouco. Detestou-se por não ter sido mais hábil. Era provavelmente ainda o efeito da cerveja de líquen. Acabava de perceber no canto dos olhos de Jennifer as famosas ruguinhas de que falava Clara. Ela devia inquietar-se quando ia à televisão, pensando na chegada da concorrência, em todas as jovenzinhas que estavam loucas para pegar seu lugar. O apresentador de cabelos grisalhos, ao contrário, não devia estar nem um pouco preocupado. Essa era uma injustiça muito grande: para os homens, um pouco de rugas não afasta as mulheres deles. Algumas até gostam. O efeito não é o mesmo quando essas rugas aparecem no rosto das mulheres. Era uma das coisas que fazia Heitor duvidar seriamente da idéia de que a natureza fosse sábia e boa, como pensavam algumas pessoas que acreditavam que tudo que é natural é maravilhoso.

Jennifer agradeceu muito e Heitor viu na tela ao fundo que John também parecia contente. Era como se, além do "pato ou camarão?", eles tivessem podido acrescentar mais um prato ao cardápio: "pato, camarão ou risoto de frutos do mar?"

– Muito bem, você esteve muito bem – disse Trevor.

– É mesmo! – disse Katharine. Nunca nos inquietamos com isso. Nunca nos fizemos essa pergunta: é melhor lutar contra o tempo?...

Trevor e Katharine cantavam muito bem a canção do tempo. E nunca tinham se interrogado a respeito. Heitor queria absolutamente compreender por quê.

Heitor canta no alto da montanha

Trevor, Katharine e Heitor achavam-se num pequeno café perto do alto da montanha. Heitor estava bem contente, pois eles certamente lhe ensinariam algo a respeito do tempo que passa. Ao mesmo tempo, cuidava de não lhes fazer perguntas diretas demais, como, por exemplo: "O que sentem por não terem mais que um cão, ou um meio cão, para viver?"

Mas ele não precisou perguntar nada porque Trevor e Katharine tinham vontade de contar sua experiência a Heitor, de quem eles logo gostaram.

– De fato, Katharine e eu não vemos as coisas da mesma maneira. Ela tem fé, e eu não – disse Trevor.

– E pensar que, depois de quarenta e seis anos de casamento, ele não mudou! – riu Katharine.

Heitor lembrava-se de todas as pessoas que já tinha conhecido que acreditavam com firmeza em Deus. Observara que isto ajudava muitos deles a suportarem a velhice e até mesmo a morte, pois quando se crê no bom Deus, crê-se também que o mundo no qual se nasce não é o mais importante dos mundos, porque existe um outro depois desse mundo (e talvez até antes), e melhor.

Trevor suportava envelhecer sem acreditar em Deus. Heitor queria realmente saber como ele conseguia.

– Muito bem – disse Trevor. Para suportar o tempo que passa, é preciso sorte – e um pouco de filosofia.

– Sorte? – perguntou Heitor.

Não se imaginava dizendo a seus pacientes: "Tenham um pouco de sorte, e tudo irá melhorar!"

– Sim – disse Trevor. Ter sorte de que a vontade de fazer as coisas abandone você ao mesmo tempo que a possibilidade de fazê-las. Eu, por exemplo, adorava jogar tênis...

– Era um grande jogador – disse Katharine. Isso até me irritava um pouco, pois todas as mulheres do clube viviam atrás dele.

– Mas – continuou Trevor –, com o cansaço, as dores nos joelhos, a vista piorando, também a vontade de jogar se foi. Fico contente com minhas lembranças, mas não lastimo nada. E tenho a impressão de que, em minha vida, tudo se passou um pouco desse jeito. A vontade acaba e a gente não se arrepende de nada.

Trevor disse que esperava ter a mesma sorte quando o fim chegasse: sentir-se cansado da vida no momento em que deveria deixá-la.

– Claro, o que também ajuda é estar satisfeito com o que se viveu.

– E ver os filhos felizes – disse Katharine.

– Também é sorte – disse Trevor.

– Ah, que exagero! A gente teve algum peso se as crianças estão felizes hoje!

– É verdade – disse Trevor. Sobretudo você, minha querida.

– E a filosofia? – quis saber Heitor

Trevor disse que ele não tinha lido tanta filosofia assim, mas que retivera uma frase que muito o ajudara na vida: "esforce-se por mudar o que pode ser mudado, aceite o que não pode ser mudado e diferencie as duas coisas."

Trevor explicou que achavam que fora um imperador romano do tempo dos romanos quem tinha descoberto essa máxima, pois, além de ser um general que ganhava batalhas, ele era também filósofo.

Heitor achou essa frase tão bela que prometeu fazer dela um de seus exercícios.

– E ler poesia – disse Katharine.

– Ah, isso é verdade – disse Trevor. Veja só:

O tempo se vai, o tempo se vai, minha dama.
Oh! Não o tempo, mas nós,
E logo estaremos os dois sob a terra.
E dos amores que tanto cantamos
Deles não há mais notícia quando nos vamos:
Ame-me, pois, agora que és bela...

E dizendo esses últimos versos, Trevor tomou a mão de Katharine e beijou-a.

Ela parecia emocionada e então Heitor tomou a frente cantarolando uma canção de seu país:

Quand nous chanterons le temps des cerises
Et gai rossignol, et merle moqueur
Seront tous en fête!
Les belles auront la folie en tête
Et les amoureux, du soleil au coeur!
Mais il est bien court, le temps des cerises...
Où l'on s'en va deux, cueillir en rêvant
Des pendants d'oreilles
Cerises d'amour aux robes pareilles
Tombant sous la feuille en gouttes de sang.
Mais il est bien court le temps des cerises...
Pendants de corail qu'on cueille en rêvant!

Katharine e Trevor aplaudiram e então ela começou a cantar uma música de seu tempo de moça:

As time goes by...
It's still the same old story
A fight for love and glory
A case of do or die.
The world will always welcome lovers
As time goes by.
Oh yes, the world will always welcome lovers
As time goes by…

Desta vez, foi Trevor quem se emocionou.

Mais tarde, no trenzinho de volta, Heitor anotou:

Exercício de tempo número 17: Faça uma coleção de belos poemas a respeito do tempo que passa. Aprenda-os de cor e recite-os a amigos mais velhos e mais jovens que você.

Mas ele não esqueceu a filosofia de Trevor e o general romano.

Exercício de tempo número 18: Você usa seu tempo a tentar mudar o que pode ser mudado? Tenta aceitar o que não pode ser mudado? Você faz a diferença entre as duas coisas? Tente responder "sim" com freqüência a essas três perguntas.

Em todo caso, pensou Heitor, se havia uma coisa que não se podia mudar era a fuga do tempo. Então, melhor não pensar nisso com muita freqüência!

Heitor e o reencontro com o tempo

Bem, tudo isso tinha ocupado o tempo de Heitor, mas ele sabia perfeitamente que terminaria por telefonar à formosa chinesa que conhecera há muito tempo, a bela Ying Li.

Passaram duas noites juntos e a vida os tinha separado, como se diz, mas Heitor sempre ficava emocionado quando se lembrava de Ying Li, intimidada, na primeira noite em que ele a convidou para jantar, depois toda alegre cantarolando pela manhã no banheiro ou bem triste chorando em seus braços num táxi à noite.

Decidiu marcar o encontro em uma cafeteria do último andar de um dos museus da cidade. Assim, pensou, isso não lhes provocaria muitas lembranças, porque sempre tinham se visto à noite, naquele tipo de lugar que só se vai muito tarde da noite.

Heitor e Ying Li... Eis o que se chama um amor impossível... Mas isso não impedia que tivesse deixado marcas muito profundas em Heitor e talvez, perguntava-se ele, quem sabe também em Ying Li... Enfim, sabia que ela tinha se casado com um jovem do mesmo país de Heitor e que acabara de ter seu segundo filho. Thomas era o padrinho do primeiro. E ele, Heitor, amava Clara, claro que sim! Portanto, aquele era um amor agora ainda mais impossível, pois Heitor e Ying Li estavam ambos felizes.

Mas quando ele a viu entrando no café, sentiu de fato acelerar seu coração.

De longe, era exatamente a mesma Ying Li das suas lembranças, tão bela e tão delicada e tão formosa. Quando sorriu, notou que ela também parecia emocionada. Ao sentar-se, abaixou os olhos com o mesmo ar recatado da primeira vez, suas faces estavam coradas, e Heitor sentiu que as suas deviam estar do mesmo jeito.

Heitor notou que o tempo tinha passado também para Ying Li. Ela estava um pouco cheinha e se alguém realmente procurasse veria que as famosas minúsculas rugas começavam a aparecer. Ying Li, de seu lado, também devia notar seus primeiros cabelos grisalhos e suas rugas.

Heitor quis dizer a Ying Li que ela continuava muito bonita, pois era o que ele achava, mas, ao mesmo tempo, pensou que talvez não devesse dizer uma coisa dessas a uma mulher casada. Mas, finalmente, ele terminou dizendo e viu que isso agradou a Ying Li, sobretudo porque ela já devia ter lido em seu olhar que ele ainda a achava bonita, apesar da passagem do tempo, o que prova que Heitor tinha um verdadeiro amor por Ying Li, que não era o simples desejo de sua beleza efêmera.

Então, começaram a conversar.

Mas, o que disseram um ao outro? Coisas muito simples, aquelas coisas que dizem as pessoas que ainda se amam, mesmo se cada um dos dois ama também outra pessoa que o ama e com quem ficará.

Deram notícias um ao outro. Heitor quis saber como ia o bebê, e ela disse que ia muito bem, era uma menina. Ying Li quis saber se Heitor tinha casado com Clara e ele disse que logo mais, sem dúvida, casariam. E Ying Li sorriu de novo e disse que desejava que sim, pois a felicidade está em se casar e ter filhos, agora ela sabia, e ela gostaria que Heitor também conhecesse isso. Heitor perguntou de seu filho, que devia estar perto dos 6 anos agora, calculou. Ying Li disse que ele estava justamente visitando aquele museu com uma irmã sua e que viriam logo mais lhes fazer uma visita.

E, de fato, uma jovem que parecia bastante com Ying Li, mas menos excepcional que ela, aproximou-se levando pela mão um menininho.

O garoto parecia um pouco chinês, mas não inteiramente chinês. Era normal porque seu pai era do mesmo país de Heitor. Heitor lembrava que ele se chamava Tomás, quase o mesmo nome de seu padrinho Thomas.

Ying Li falou a Tomás para dizer bom-dia a Heitor e o menino apertou sua mão, olhando-o com ar surpreso.

– Você já é um meninão – disse Heitor. Achava Tomás bem grande para a idade.

Tomás pareceu refletir e depois disse:

– Será que eu já sou um pouco grande?

– É, sim, disse Heitor. E logo mais você será um garotão.

– Não sei se vou gostar – disse Tomás.

– Por quê?

– Porque assim logo vou virar um rapaz e, depois, um dia, um moço, e vou ficar velho, como o vovô.

Tomazinho não pensava de jeito nenhum como Heitorzinho! Queria diminuir a velocidade do tempo. Heitor sabia que isso queria dizer que ele se sentia feliz com sua mamãe e com seu papai e que ele gostaria que isso durasse para sempre.

Ying Li disse que Tomás fazia muitas perguntas e era muito pensativo, mas que era também um menino alegre. A irmã de Ying Li contentava-se em sorrir porque ela não falava nadinha de inglês.

Heitor e Ying Li conversaram ainda algum tempo. Ying Li tinha ido ver o velho monge, com Thomas, mas depois não tivera mais notícias dele. Heitor disse que ia tentar encontrá-lo. Ying Li disse que ficaria feliz se Heitor telefonasse para ela, caso ficasse um pouco mais na cidade ou da próxima vez que viesse. Heitor respondeu que sim, claro que telefonaria, mas, ao mesmo tempo, pensou consigo mesmo que seria melhor se eles não se vissem muito, e ele sabia que no fundo Ying Li pensava a mesma coisa.

Depois, despediram-se e Tomazinho apertou de novo a mão de Heitor dizendo: "Até logo". E Heitor viu-os afastando-se, os três, e Ying Li deu um último sorriso e um pequeno adeus com a mão, e Heitor ficou só.

Pediu uma taça de vinho tinto, refletiu um pouco, pegou seu caderno e anotou:

*Exercício de tempo número 19: Conheça os filhos das mulheres que você ama (*ele riscou o "ama"*) amou quando era mais jovem.*

Heitor e o homem que olhava as estrelas

Heitor estava pensando que ele devia voltar para casa, pois não tinha sinal nenhum do velho monge e não servia de muita coisa esperá-lo. Depois, lembrou de Humberto, o homem que olhava as estrelas. Humberto andava ali por perto, quer dizer, mais ou menos por perto. Se alguém continuar andando em direção às montanhas chinesas, vai encontrar umas montanhas cada vez mais altas e, no pico de uma delas, tinham instalado um desses enormes telescópios tão caros que foi preciso vários países juntarem-se para comprar um só, como os filhos todos se juntam para dar um presente no dia das mães.

Da cidade onde estava, podia ir diretamente a quase todos os lugares do mundo. Heitor viu-se então num avião com as letras chinesas escritas na asa, em que a comissária lhe ofereceu, dessa vez, arroz com camarões ou macarrão japonês com pato, e também um tipo de bolinho cozido no vapor. Não tinha muita gente no avião, pois na região para onde ele ia as aves estavam com uma tendência a pegar um resfriado diferente e, assim, os turistas preferiam viajar a outros lugares do mundo, onde havia doenças muito mais perigosas que aquela, mas das quais Jennifer não falava todos os dias na televisão.

O aeroporto onde chegou era muito simples: só havia uma pista e uma construção de cimento, o que fez Heitor se lembrar daqueles construídos em seu país quando era pequeno. Soprava um vento terrivelmente gelado, todo mundo que parecia um chinês ou uma chinesa usava gorro de pele e Heitor jurou comprar um para ele também.

Ficou bem contente quando viu Humberto chegando em um carro que também o fez recordar os carros da sua infância.

– É bom receber visitas – disse Humberto. Porque ver sempre os mesmos colegas, vai ficando bem chato com o tempo.

E Heitor entendia Humberto muito bem porque ele mesmo, depois de dois dias em um congresso de psiquiatras, só tinha uma vontade: ir embora. Embora apreciasse, em separado, alguns de seus colegas, todos eles reunidos em grupo era como precisar engolir um enorme prato de massa. Terminava enjoando.

E por acaso um psiquiatra pode encontrar seu paciente fora do horário da consulta? – você deve estar se perguntando. É verdade, essa é uma questão muito controvertida. Mas Heitor e Humberto não compartilhavam uma dessas terapias que duram anos e em que o psiquiatra deve se fazer de silencioso e de muito misterioso. Heitor ajudava Humberto a atravessar um momento difícil. Mais parecia uma relação entre um médico normal e seu paciente. Então, não havia problema nenhum se Heitor fosse fazer uma visita a Humberto. Isso não atrapalharia a seqüência dos encontros.

O carro deixou a cidade bem rápido. O que era fácil, porque a cidade não era grande nem tinha muita gente pelas ruas, por causa do frio e do vento. Começaram a subir por uma pequena estrada. A paisagem era muito bonita, mas Heitor não conseguia apreciá-la direito, pois, de tempos em tempos, cruzavam caminhões enormes como casas que vinham na pista em sentido inverso e que não pareciam prestar muita atenção ao carro de Humberto. E, às vezes, no fundo de um barranco, Heitor entrevia a carcaça de um caminhão com as rodas viradas para cima.

– A gente se acostuma – disse Humberto. Aqui, as pessoas não têm o mesmo senso do perigo que nós.

Explicou que há muito tempo ancestrais das pessoas que hoje dirigiam caminhões tinham galopado cavalos imensos e conquistaram a metade do mundo. Portanto, era normal que seus descendentes fossem temerários. Finalmente, chegaram ao pé de um teleférico e ei-los em uma pequena cabina que se balançava um pouco demais para o gosto de Heitor.

– O telescópio comeu tanta verba – disse Humberto –, que sobraram poucos recursos para o teleférico.

Heitor pensou que as pessoas costumam imaginar que os astrônomos levam uma vida muito tranqüila, só observando as estrelas. Mas, de fato, via ali que ser astrônomo podia ser tão arriscado quanto ser astronauta, com uma diferença: quando caíam, caíam de alturas diferentes, mas toda queda machucava. Quando chegaram, Heitor pensou que aquilo tudo lembrava um pouco o acampamento de Hilton e de Eleonora: pequenas construções pré-fabricadas e depois uma espécie de bolha imensa, o grande telescópio, que olhava o céu por meio de uma fenda enorme. E muitas antenas em volta, como grandes antenas de televisão que estavam ali para captarem o rumor das estrelas.

– Você chegou na hora certa – disse Humberto. A semana passada isso aqui era o inferno. Estávamos totalmente atrasados!

Heitor olhou ao longe a imensa paisagem montanhosa, o infinito do céu acima deles e perguntou-se por que razão alguém teria pressa no alto daquela montanha.

Humberto explicou que equipes de astrônomos do mundo inteiro reservavam o telescópio por um certo período para fazerem suas observações. Outra equipe esperava sua vez de subir à montanha. Um pouco parecido com os pacientes que marcavam hora com Heitor. Era melhor não se atrasar, caso contrário atrasaria todo mundo e as estrelas não estariam mais em um lugar bom para serem observadas.

– Em seguida, é preciso apressar-se para apresentar sua comunicação antes do próximo congresso mundial. Passamos noites grudados na tela do computador...

Agora Heitor entendia um pouco melhor por que a mulher de Humberto um dia se fora.

Pensou consigo mesmo que, decididamente, os inuits e alguns outros povos da Terra não sabiam a sorte que tinham de não conhecerem a pressa.

Heitor e a viagem ao futuro

– Bem – disse Heitor. De tanto olhar estrelas, algo se aprende a respeito do tempo?

– Devia ajudar a nos ensinar a paz e a serenidade – respondeu Humberto. Mas, como sabe, não é bem assim que as coisas acontecem.

Passeavam por um pequeno caminho não muito distante do telescópio, debaixo de uma magnífica noite estrelada que fazia pensar em Deus. Heitor lembrava o que dissera o filósofo de quem ele gostava muito, Pascal, diante dessas mesmas estrelas infinitamente longínquas: "O eterno silêncio desses espaços infinitos me atemoriza". E Pascal acreditava em Deus.

Humberto explicou muitas coisas a Heitor. Primeiro, disse que no Universo tudo estava tão longe que mesmo se corrêssemos à velocidade da luz seria preciso um tempo incalculável para ir de um lugar a outro.

– Por exemplo – disse Humberto –, se o Sol se apagasse de repente, só perceberíamos isso oito minutos depois. É o tempo que leva a luz do Sol para chegar até nós. E olha que ele é a estrela mais próxima!

– E as outras estrelas, aquelas que estão mais distantes?

– Algumas já desapareceram há milhões de anos – disse Humberto. Porém, dado o tempo que a luz leva para chegar até nós, ainda as vemos como eram na época.

Olha só! – pensou Heitor. Então, encontraram um jeito de voltar no tempo.

– Se pudéssemos nos afastar para muito longe da Terra, mais rápido que a velocidade da luz, então nós a veríamos tal como era há centenas ou milhares de anos?

– Sim. Mas isso é impossível, porque não podemos ir mais rápido que a luz. No melhor dos casos, se conseguíssemos nos afastar com a mesma velocidade da luz, continuaríamos sempre a ver a Terra exatamente igual ao instante de nossa partida e, portanto, a viagem não seria de muita vantagem.

– Por que não podemos ir mais rápido que a luz?

– Há várias respostas. Somos feitos de átomos razoavelmente pesados. Por isso não podemos ir mais rápido que a luz, que não tem massa nem peso. Pode-se dizer também que quanto mais rápido se move um corpo, mais é preciso energia para fazê-lo se mover, segundo a teoria da relatividade geral. Portanto, mesmo se pudéssemos alcançar a velocidade da luz, ainda seria preciso uma energia infinita para nos mover mais rápido e nada nem ninguém dispõe de uma energia infinita.

Heitor pensou que Rogério teria dito que Deus possui uma energia infinita e que só Deus teria podido fazer o tempo retroceder. Aliás, ele mesmo criou a si mesmo, segundo diferentes filósofos que nele crêem.

– Então não podemos voltar ao passado?

– Não.

– E podemos viajar ao futuro?

– Ah, isso sim. É possível – respondeu Humberto.

Inacreditável, pensou Heitor. Era possível viajar ao futuro, mas ninguém falava disso nos jornais!

– Mas, como?

– Você deve saber que a grande descoberta da relatividade é que o tempo não anda sempre com a mesma velocidade em todos os lugares.

Heitor lembrava-se disso vagamente.

– Em resumo, o tempo corre mais lentamente se você anda mais rápido ou se passa perto de um corpo muito pesado, como a Terra.

– Por exemplo?

– Por exemplo: se você estiver num avião que viaja quase à velocidade da luz e eu ficar na Terra e puder olhar seu relógio com um telescópio, verei os ponteiros andando menos rápido que os meus, mesmo se usarmos exatamente o mesmo modelo...

– E quando eu voltar à Terra?

– Eu terei vinte anos mais que você, embora, do seu ponto de vista, você só tenha viajado por algumas horas.

Heitor pensou que essa era uma viagem no tempo que pouca gente teria vontade de fazer! Viajar ao futuro e na volta encontrar as pessoas de quem gostamos mais velhas ou mesmo mortas não ia dar alegria a ninguém!

– E não haveria como voltar atrás – acrescentou Humberto.

Heitor e o bilhete de loteria

Heitor perguntou a Humberto se observar as estrelas levava a crer em Deus.

– Você conhece a história do primeiro cosmonauta que voltou à Terra dizendo: "Viajei pelos céus, mas nunca vi Deus nem os anjos"?

– Conheço.

– Pois bem. Um cirurgião, que acreditava em Deus, respondeu: "Já operei muitos cérebros, mas nunca vi um só *pensamento*!"

Heitor pensou que, ao contrário do que diziam às vezes os psiquiatras, alguns cirurgiões eram incrivelmente inteligentes.

Decidiram voltar, pois começava a fazer frio e Heitor já estava arrependido de ter deixado seu super-casaco impermeável com os inuits.

– Alguns de meus colegas que crêem em Deus dizem que a prova de sua existência está nas leis da física. Caso essas leis fossem ligeiramente diferentes, nós não existiríamos.

Humberto explicou que o mundo funcionava segundo três ou quatro leis. A cada uma delas correspondia um número particular que se chamava uma constante, porque não mudava nunca. Heitor lembrava-se de ter aprendido na escola a constante g, aquela da lei que explicava a qual velocidade as coisas caíam, como o teleférico do telescópio talvez o fizesse quando voltassem. Humberto conhecia algumas outras constantes para as leis mais complicadas, como a velocidade da luz ou a maneira pela qual os átomos caíam uns sobre os outros.

– Muito bem. Se essas quatro constantes fossem um pouco diferentes, as leis da física não seriam mais as mesmas. Aliás, o Universo não teria começado. As estrelas teriam se arrebentado umas contra as outras, tudo teria sido fundido. Não mais o *big bang*, mas o *big crunch* – ou, do contrário, tudo teria se volatilizado. Portanto, o *big bang* não teria funcionado e não teríamos hoje um lindo Universo em expansão e com condições de vida ao menos num planeta. Dizem, então, que se as constantes da física, entre milhões de outras possibilidades diferentes, funcionam assim, isso não é por obra do acaso, mas a prova de que Deus realmente existe!

– E você, o que acha?

– De todo modo, se as leis fossem diferentes, não estaríamos aqui conversando a respeito da existência de Deus. Portanto, não é porque somos o resultado de uma combinação entre milhões de outras combinações possíveis que isto prova que foi Deus quem a escolheu. Do mesmo modo, se comprar o único bilhete, entre milhões de outros bilhetes, premiado com a sorte grande na loteria, isso não prova que foi Deus quem o fabricou...

– Mas, e você? O que acha? – perguntou de novo Heitor.

– Creio em Deus, disse Humberto. Mas ele não tem nada a ver com tudo isso – respondeu mostrando o céu.

Neste momento, um jovem astrônomo veio chamar Humberto. Ele precisava ver uma coisa.

Heitor acompanhou-os. Ficou um pouco decepcionado com o telescópio gigante, porque esperava ver estrelas, mas o que viu foram computadores que mostravam todo tipo de ondas e de números desfilando a toda velocidade nas telas.

– Estamos verificando uma hipótese – disse Humberto.

Ele tentou explicar essa hipótese a Heitor: quanto mais as estrelas se afastavam umas das outras, mais rapidamente o faziam... Um pouco parecido com isso: quanto mais uma pessoa se afasta de você, mais ela o faz cada vez mais depressa. Heitor preferiu não apresentar a Humberto essa comparação.

– E os universos paralelos? – perguntou Heitor.

Pensava em Madame Irina e no xamã.

– Eis uma boa questão – disse Humberto.

– E há boas respostas para ela?

– Alguns físicos imaginaram que não há um só espaço-tempo, como este no qual eu converso com você agora, mas existiriam ainda outros, cada um com uma probabilidade de existência diferente.

– Portanto é possível?

– Digamos que seria compatível com as teorias formuladas por gente muito séria.

Heitor pensava em Madame Irina e em suas idéias e também no xamã e em suas viagens. Essas pessoas conseguiam passear nas curvaturas dos espaços-tempo?

– Às vezes – disse Humberto, pensativo – acho que num universo paralelo minha mulher não me deixou e que somos muito felizes. Mas, nem adianta pensar... Sem sorte: fiquei mesmo prisioneiro do espaço-tempo em que nossas relações vão muito mal!

Heitor pensou que se um dia pudéssemos viajar no tempo isso economizaria muito trabalho aos psiquiatras.

Antes de deitar, ele escreveu:

Exercício de tempo número 20: Leia um bom livro de ciência a respeito do tempo e da teoria da relatividade. Passe um pouco de tempo a compreender por que, se não podemos ultrapassar a velocidade da luz, isso quer dizer, então, que não podemos voltar ao passado.

Lembrava que um grande cientista havia escrito vários livros desse tipo e que alguns deles vinham com belas imagens para ajudar a entender a coisa. O corpo desse cientista tinha ficado paralisado por uma doença terrível que os médicos ainda não sabiam curar, mas se seu corpo não podia mais fazer muitos movimentos, seu espírito porém não deixava de acompanhar a luz das estrelas, o Universo em expansão e o tempo.

Heitor e Ying Li no alto da montanha

Heitor estava no alto da montanha. Ying Li vinha ao seu encontro por um atalho. Fazia muito frio e Ying Li estava vestida com um grande casaco de pele e usava um capuz que a fazia parecer-se com uma inuit.

Ela sorriu, aproximando-se de Heitor. Nesse momento, ele percebeu que não precisavam falar um com o outro, porque seus pensamentos falavam-se entre si. E Ying Li disse que, no outro dia, tinha querido agradecê-lo por ter mudado sua vida, mas não tivera coragem.

Heitor respondeu que foi a vida quem os tinha mudado, a ambos. De qualquer modo, cedo ou tarde, alguém teria tido vontade de mudar a vida de Ying Li, tão triste era entender por que ela se encontrava naquele lugar em que ele a tinha conhecido.

Ying Li fez um pequeno movimento com a cabeça e, diante deles, apareceu o bar das luzes suaves onde se conheceram. Mas Heitor não estava ali. Havia um monte de belas moças e vários homens satisfeitos de si, e Ying Li estava sentada no bar encostada a um chinês com o cabelo penteado para trás, que usava um relógio de ouro, bebia conhaque e ria acariciando seu braço. Ying Li fazia de conta que estava contente e que achava o homem divertido. Depois, ela estava sentada na cama de um quarto de hotel com ar muito triste, enquanto um homem branco e gordo, nu no banheiro, chamava-a rindo. E depois, muito tarde da noite e já cansada, Ying Li comia macarrão chinês em uma lanchonete com uma amiga muito maquilada e também bem cansada, e de novo Ying Li estava no bar mais uma vez, com outros homens que a abraçavam pela cintura e falavam em seu ouvido ou então recostada num canapé enorme, na penumbra, ao lado de homens que lhe tomavam a mão e acariciavam seus seios. E durante esse tempo todo Ying Li bebia cada vez mais conhaque e ia engordando e envelhecendo a cada dia. Depois, ela descia de um trem em uma cidade chinesa bem melancólica, com chaminés de fábricas onde se via uma grande usina em que Ying Li, como centenas de outras operárias, apertava uns parafusos e, mais tarde, já noite, via Ying Li entrando em uma casa bonita onde viviam suas duas irmãs e sua mãe, e havia uma lojinha que sua mãe cuidava, porque isso tudo era o resultado de todos esses anos passados nos bares e nos hotéis. As outras operárias não tinham nada disso e voltavam para casa, que não era uma casa, mas um simples cômodo. À noite, Ying Li ajudava um pouco sua mãe na loja e cuidava dos filhos de suas irmãs que tinham maridos que trabalhavam também nas fábricas, mas ela, Ying Li, não tinha marido, porque nenhum marido ia querer uma moça que já não era tão moça e que passou muito tempo fora dali, na grande cidade cheia de bares e de hotéis.

Heitor entendeu que ele acabava de ver a vida de Ying Li sem Heitor e que essa vida podia ser tão verdadeira quanto a outra, que ela existia talvez num universo paralelo como aqueles de Madame Irina e de seus amigos, os perdurantistas.

E, ao mesmo tempo em que sentia seu coração apertado por causa daquela Ying Li que continuava a levar aquela vida, ele não sabia a quem devia agradecer por encontrar essa outra Ying Li agora a seu lado. Mas ela sabia a quem agradecer, pois fez a Heitor uma pequena reverência, inclinando-se com as duas mãos juntas como se fazia no país do velho monge diante das pessoas que respeitavam ou diante da estátua daquele que chamavam o Luminoso.

Heitor não consegue sonhar tranqüilo

Então Heitor acordou. O telefone tocava no quarto. Era Thomas!

– O xamã, mais uma vez. Agora, ele diz para você ir a uma ilha.

– Mas estou voltando de lá – disse Heitor.

Pois a cidade chinesa da qual ele vinha era, de fato, uma ilha.

– Não, não deve ser essa. O xamã disse: "Uma ilha em que os kablunaks vivem um pouco como os inuits".

Heitor não estava ouvindo muito bem. A voz de Thomas vinha em meio a muito barulho e a uma música que tocava alto. Thomas disse que estava na última cidade de kablunaks antes de chegar à terra dos inuits. Uma cidade cheia de bares e de hotéis.

– Meu Deus, acho que ainda não me curei – titubeou Thomas, que tinha alguma dificuldade para se expressar.

Heitor lembrou que Thomas era um freqüentador do bar das luzes suaves onde ele tinha conhecido Ying Li.

Dormiu de novo.

Heitor corria em uma motoneve e Rogério estava com ele. Rogério parecia ainda mais enorme, coberto de peles de urso, e o grande cão Nume corria ao lado deles.

– O que é preciso entender – dizia Rogério franzindo a testa – é que a eternidade não é o tempo que dura para sempre! A eternidade está fora do tempo, ela engloba tudo, o passado, o presente e o futuro. Deus, apenas, é eterno!

A essas palavras, Nume olhou para eles com seus olhos claros e disse:

– Está bem. Mas, então, o que fazia Deus antes da criação do mundo? Havia tempo, então?

– Deus vê o passado, o presente e o futuro ao mesmo tempo – disse Rogério. Para ele, o tempo não anda. Deus está fora do tempo, está na eternidade!

– Isso não responde a minha pergunta – retrucou Nume com um pequeno ganido de alegria.

– O presente é só um reflexo da eternidade no tempo! – gritou Rogério.

– Uma bela frase – retorquiu Nume. Mas a solução para o enigma da vida no espaço e no tempo não estaria fora do espaço e do tempo? E, neste caso, onde estaria?

Rogério quis responder, mas eles estavam correndo muito e chegaram a uma cratera enorme e Rogério e Heitor e a motoneve foram arremessados pelos ares enquanto Nume latia e o telefone tocava.

Era Clara.

– Tive um sonho medonho – disse Clara. Ela parecia emocionada.

– Está tudo bem – disse Heitor. Qual foi o sonho?

– Sonhei que você não voltava mais – disse Clara. Virava uma espécie de monge do crânio raspado e com uma túnica laranja, morando no pico mais alto de uma montanha. E que havia um monte de belas chinesas à sua volta, querendo saudar você e rezar em seu nome.

– Não é tão horrível assim – disse Heitor rindo.

– Pare com isso – disse Clara. Foi horrível, sim. Mas ela chorava e ria ao mesmo tempo.

Heitor perguntou como ela se sentia e Clara disse que estava melhor. Tinha ido ver o velho Arthur e eles conversaram sobre o tempo que passa.

– Ele vai escrever para você. Mas não para falar de mim, é claro.

O velho Arthur não podia falar de Clara para Heitor. Era o que se chama um segredo profissional e os psiquiatras quase sempre o respeitam.

Heitor tentou dormir de novo, mas não conseguiu.

Uma ilha em que os kablunaks vivem um pouco como os inuits?

Dessa vez, estava na estação do pequeno trem de madeira que levava à montanha e o velho chinês de boné entregava a ele uma passagem.

– Não me reconhece? – perguntou a Heitor.

Não, Heitor não o reconhecia...

O telefone tocou de novo. Era Magda.

– Ah, que dificuldade para achá-lo!

– Por que não usou a internet? – perguntou Heitor, já um pouco irritado de ser acordado pela terceira vez.

– Eu não sei usar muito bem essas coisas. É o seguinte: Paul queria convidá-lo a um grande colóquio. Trataremos do tempo e vamos convidar umas estrelas importantes, de todas as áreas.

Heitor sabia que nos dias que correm, em qualquer colóquio, sobre qualquer coisa, havia sempre um psiquiatra convidado. Era como salmão defumado em bufê: nem sempre é bom, mas se não tiver as pessoas reclamam. Acham que está faltando alguma coisa. Não tinha o menor interesse em participar desse tal colóquio.

– Entendo que isso não o entusiasme, mas eu gostaria mesmo que viesse.

– E por quê?

– Acho que Paul acaba de ter uma grave crise de angústia. Encontrei-o tremendo e suando, quando acordou. Estava bem infeliz. "Eu controlo tudo" – dizia – "mas, na verdade, eu não controlo nada". Achei que estava mesmo mal. Seria bom se você pudesse vê-lo, e meio rápido. Mas é claro que ele jamais vai confessar que precisa conversar com um psiquiatra... Então, eu falei que ia chamar você para o colóquio...

Magda disse onde ela e Paul esperavam encontrá-lo e Heitor teve então certeza de que devia partir imediatamente.

Era em uma ilha em que os kablunaks vivem como os inuits!

Heitor conhece um homem importante

– Alegro-me que tenha aceitado o convite – disse Paul. E sinto muitíssimo tê-lo avisado em cima da hora.

Atrás de Paul, Heitor via as colunas de um templo em ruínas contra o azul profundo do mar. Magda, Paul e ele estavam sentados em um banco de pedra que, à sombra de uma grande oliveira, parecia tão velho quanto o antigo templo.

Magda parecia felicíssima. Estava ao mesmo tempo orgulhosa de mostrar seu magnífico Paul a Heitor e de mostrar seu superpsiquiatra a Paul. Os dois talvez se entendessem.

Heitor tinha observado o brilho de pânico no olhar de Paul. Perguntava-se quando conseguiriam conversar.

– Seu nome não está ainda no programa, mas estamos imprimindo um novo. Vai estar pronto em... alguns minutos – disse Paul olhando o relógio.

À primeira vista, Paul parecia apenas um pouco mais velho que Heitor. Heitor observara que ele não tinha nenhum cabelo branco, mas agora, graças à reflexão das enfermeiras, sabia que isso queria apenas dizer que Paul tinha um excelente cabeleireiro. Heitor notou também que Paul não tinha praticamente nenhuma daquelas ruguinhas em volta dos olhos. Ele conheceria, quem sabe, um creme anti-idade melhor que todos os outros? Ou teria sido um colega seu, cirurgião, quem tinham conseguido apagar os sinais do tempo em seu rosto?

Paul falava rápido e mexia-se muito no banco. Sob a camisa, adivinhava-se músculos de verdade. Era notório que ele se mantinha em forma graças à ginástica. E, assim, pesadas todas as contas, concluia-se que ele era muito mais jovem do que a idade que tinha de fato. A não ser debaixo de certas luzes, observou Heitor. Quando a luz vinha do alto, como ali sob o sol brilhante, dava para notar que o rosto de Paul era o de alguém de sua idade, isto é, um bom cão e meio a mais que Heitor.

Exercício de tempo número 21 – pensou Heitor: *Se quiser parecer mais jovem, fique sempre na sombra (ou sob a luz de velas).*

Mas como Heitor sabia que Paul não gostava de ter a impressão de perder seu tempo, decidiu anotar esse exercício mais tarde.

– Então – disse Magda. O que acha?

Heitor olhou o programa do colóquio organizado por Paul. Chamava *O tempo a nosso favor*. Havia muitos palestrantes, e todos bem renomados. Falariam do tempo, cada um de seu ponto de vista, é claro, pois eram todos grandes especialistas: um grande filósofo dos cabelos desgrenhados, um grande monge da religião de Heitor, um grande conselheiro de grandes empresas especializado no tempo, um grande biólogo que ia explicar por que envelhecemos, um grande piloto que ganhava as corridas acelerando algumas dezenas de segundo mais rápido que seus concorrentes...

Depois, o próprio Paul faria uma exposição, porque era ele quem organizava esse grande colóquio ao qual convidara muita gente graúda de sua empresa. E também muitos jornalistas, ou melhor, muitos chefes de jornalistas, porque Paul esperava que noticiassem o encontro e que, portanto, falassem de sua grande empresa.

E o que fabricava a grande empresa de Paul? Cremes de todo tipo, entre os quais o mais célebre dos cremes anti-idade, e tintas para os cabelos, e mais um monte de produtos para parecer mais bonito e mais jovem, para as mulheres e para os homens do mundo inteiro! Centenas de pesquisadores trabalhavam todos os dias para encontrar sempre o melhor, misturando vários produtos em tubos de ensaio de todas as cores.

Os convidados estavam hospedados em um antigo vilarejo perto do templo. Antigamente, aquela tinha sido uma cidadezinha comum, levando a vida pacata dos moradores locais mas, pouco a pouco, a pesca foi ficando insuficiente para que pudessem alimentar suas famílias e a aldeia foi abandonada. Mais tarde, os moradores que tinham sobrado na ilha transformaram-na de modo a acolher gente vinda do mundo inteiro, que ali se reunia para organizar esse tipo de colóquio, por exemplo. Antigamente, eram pescadores de peixes. Agora se tornaram pescadores de turistas.

– O programa me parece muito bom – disse Heitor. Pontos de vista diferentes, as pessoas não terão a impressão de que estão perdendo seu tempo.

– Não é? – disse Paul, com um sorriso de alívio.

Uma jovem vestida do jeito que Clara se vestia para ir ao escritório chegou carregando um pacote do novo programa em cima da cabeça para se proteger do sol e torcendo o tornozelo com seu salto altíssimo enquanto tropeçava nos pedregulhos do caminho. Paul verificou se o nome de Heitor estava no programa e depois se puseram a discutir, os dois, quais os lugares na mesa de cada convidado para o jantar.

– Bem... e se gente fosse dar uma volta? – propôs Magda, a quem essas questões de organização aborreciam, logo se via.

Do alto da colina onde estavam, podiam avistar perfeitamente o pequeno porto de pesca que durante tanto tempo bastara para alimentar as pessoas da ilha. Ainda havia vários barquinhos pintados de cores risonhas e Heitor viu pescadores descarregando seu peixe brilhando sob o sol. Um pouco mais afastados, sentados sobre bancos à sombra das árvores, velhos olhavam as crianças jogando bola contra o muro da igreja.

Uma ilha em que os kablunaks vivem como os inuits, tinha dito o xamã.

Heitor pensou que Clara gostaria de estar ali.

Perguntava-se por que o xamã quis que ele fosse àquela ilha, pois ao contrário do salmão que um dia se veria no bufê, o Ser-no-Mundo de Heitor era ao mesmo tempo aberto ao futuro e atormentado pela inquietude, como teria dito o famoso filósofo de bigodinho.

Heitor trabalha até na praia

Finalmente, Magda deixou Heitor a sós com Paul. Foram beber algo na cidadezinha onde estavam hospedados. As persianas entreabertas deixavam passar um pouco da luz do sol e isso dava uma tonalidade bonita que fazia todo mundo parecer mais jovem.

Heitor tinha vontade de beber uma cerveja, mas como viu Paul servindo-se de um suco de legumes, ele fez o mesmo. Notou também que Paul parecia aliviado de estar sozinho com ele.

– Sempre a preocupação com a boa aparência... – disse Paul suspirando.

Com algumas perguntas, Heitor deixou-o à vontade. Afinal, era esse o seu ofício.

E Paul logo contou que não se sentia nada bem. Já há uma semana ele vinha sentindo todas as manhãs grandes crises de angústia.

– Tenho o hábito de levantar muito cedo, e tomo o café já planejando meu dia. Mas aqui, diante do mar, senti-me muito mal, como se eu fosse morrer. Tremores, o coração que bate apressado, suores e tudo o mais. Mas ainda não é tudo. Tenho o sentimento de que a vida me escapa. Que nada serve para nada. Que o tempo passa, que eu não posso nada contra isso e que eu caminho... que eu caminho direto ao vazio.

Só de falar de sua crise de angústia, Paul estava tendo mais uma. Heitor aconselhou-o a se estender no canapé e a respirar mais devagar.

Paul conseguiu acalmar-se um pouco e depois recomeçou a falar olhando para o teto.

– Minha vida inteira lutei contra o tempo! – disse Paul. Nos estudos, fui muito rápido. Sempre me comparava com os melhores colegas da escola.

Paul não falava da escolinha de quando era criança, é claro, mas da grande escola para onde vão as pessoas, mais tarde, para aprender a se tornar gente importante.

– Qual de nós seria o primeiro a se tornar diretor geral? Eis o tipo de questão que fazíamos. Eu estava muito orgulhoso de ser um CEO aos 32 anos. Depois, dirigi empresas cada vez maiores. E, claro, divorciei-me duas vezes. Mas, tudo bem, meus filhos estão bem, é o que importa. A empresa é agora uma empresa de porte mundial... e todos dizem que foi graças a mim. Mas, uma manhã... Paul parou a frase no meio

– Uma manhã... – repetiu Heitor (um truque dos psiquiatras que estamos ensinando a você: quando as pessoas param de falar, repita só o fim de sua última frase).

– ... Uma manhã acordei com o sentimento de que tudo isso não passava de um imenso vazio. Sim, é verdade, fui eu quem fez isso tudo, eu cheguei até aqui. Mas, agora, não sou mais que um velhote, que quer tentar crer e fazer os outros crerem que ainda é jovem. Para que serviu toda essa vida se, neste exato instante, eu me sinto tão mal? Afinal, se não fosse eu a fazer o que fiz, outro sem dúvida o teria feito no meu lugar, e tão bem quanto eu... De qualquer modo, o mercado da beleza é promissor... Comigo, ou com outro qualquer, a coisa teria andado bem do mesmo jeito...

Heitor sabia que quando as pessoas como Paul se fazem modestas é porque não estão muito longe de uma depressão profunda.

– ... Outra manhã, tive a impressão de que toda a minha vida não foi mais que um vazio. E olha que eu acreditava que tinha uma vida realizada, bem preenchida, eu sempre quis preencher o tempo. Preencher o tempo! Mas não acredito mais nisso... Mesmo assim, sempre cheio, sem perder tempo, o tempo não deixa de escorregar entre os dedos. E a gente caminha, a gente caminha direto ao vazio! Paul disse isso se levantando do canapé, como alguém que quer pular do carro antes que ele caia no abismo.

Heitor pensou que Paul precisava falar muito, e muitas vezes mais. Antes, porém, ele precisava sentir-se um pouco melhor. Então, deu-lhe algumas pilulazinhas que ele sempre carregava consigo para qualquer eventualidade... Algumas continham mais ou menos a mesma coisa que aquelas que ele tinha dado ao cão de Fernando (mas Heitor não disse isso a Paul, é claro).

Mais tarde, anotou em seu caderninho:

Exercício de tempo número 22: Na sua opinião, o que é uma vida realizada?

Heitor de volta à escola

E o colóquio começou.

Paul propôs a Heitor que falasse pela manhã, mas Heitor explicou que a manhã raramente é uma boa hora para os psiquiatras (se fosse, teriam feito cirurgia). Então, ficou decidido que ele só falaria no fim do segundo dia, um pouco antes do jantar.

Todos – uma boa centena de pessoas, contou Heitor – estavam sentados nos bancos de pedra de um teatro tão antigo quanto o templo do vilarejo. Por sorte, os bancos tinham sido revestidos com belas almofadas muito confortáveis. Uma grande tenda azul e branca protegia-os do sol e moças da região, de vestido azul e avental branco, serviam refrescos.

Num certo sentido, ainda bem que o velho Arthur não estava ali, pensou Heitor, pois nos diferentes países do mundo em que já tinham ido juntos aos colóquios,

Heitor observara que seu velho colega sempre tivera um fraco pelas belas garçonetes locais inconscientes de sua beleza. E ele bem que notava algumas moças desse tipo e também umas jornalistas, ou chefas dos jornalistas, bem charmosas.

Não vamos contar o programa do colóquio inteiro, porque seria um pouco enfadonho. Heitor, por exemplo, estava bem entediado, como nos tempos de colégio quando tentava ouvir com atenção seus professores. Sabia, claro, que tudo aquilo era muito interessante, mas se Heitor gostava muito de ouvir as pessoas que contavam a ele suas vidas ele não gostava tanto de ouvir aulas. Preferia lê-las.

– Isso não parece lhe interessar muito – disse Magda, sentada a seu lado.

– Não, não, claro que sim! – respondeu Heitor.

Para tentar concentrar-se um pouco, decidiu tomar nota das coisas mais interessantes. Eis suas notas:

O filósofo

Muito complicado. Mas surgem questões interessantes. O tempo é como o espaço? Os dois foram criados por Deus ao mesmo tempo em que o mundo. Leibniz, por exemplo, pensava assim, mas Newton considerava que o tempo é um atributo de Deus e, portanto, como Ele, sempre existiu. Brigaram a esse respeito e Newton tinha sido maldoso. Ou o tempo e o espaço seriam apenas concepções do homem para tentarem compreender o mundo à sua maneira? Para Kant ou Spinoza, o tempo só existe para nós. Então, quer dizer que o tempo não existiria se nós mesmos não existíssemos para senti-lo ou medi-lo? Na minha opinião, ele existiu antes de nós, pois, caso contrário, como teríamos tido o tempo de aparecer? A esse respeito, concordo mais com Aristóteles e com Hobbes, e menos com Santo Agostinho e Kant, mas já esqueci um pouco o que eles disseram.

Muitos filósofos do século passado refletiram a esse respeito: é preciso tempo para ser. Se não houvesse o tempo, não teríamos o tempo de ser. E, como somos, há, portanto, tempo. Assim, ser e tempo, para alguns, é a mesma coisa, e eles escreveram livros inteiros para explicar isso. Como Heidegger (bigodinho), Sartre (óculos grossos redondos)... A filosofia é ótima, mas parece um pouco com a matemática. Sem treinar todo dia, fica difícil apreciá-las. E sem saber alemão, também. Pena que não se tenha falado da teoria da relatividade. Deviam ter convidado um especialista das estrelas, como Humberto. Dizer a Paul para uma próxima vez.

A seu lado, viu que Magda dava uma cochilada e, vendo-a, ele lembrou que os filósofos eram sobretudo homens. Ou, então, as mulheres que eram filósofas faziam perguntas diferentes. Não se interrogavam a respeito do verdadeiro ou do falso, mas do que era o bem e o mal para as pessoas. Portanto, no fundo, para as crianças.

O especialista do tempo para as grandes empresas

Simples demais. Seu truque: diferenciar o urgente e o importante. Importante e urgente: você mesmo deve fazer imediatamente. Importante e não urgente: refletir um pou-

co mais todos os dias. Urgente e não importante: passar para outra pessoa. Não importante e não urgente: jogar fora o mais rápido possível. Muito satisfeito em dizer que com os meios de comunicação modernos tudo vai mais rápido, em todos os sentidos, mas esquece que se poderia dizer a mesma coisa quando se aprendeu a montar a cavalo ou quando se inventou o telefone. Gosta de usar palavras como "instantaneidade", "hipertempo", "tempo-mundo".

Uma senhora fez uma pergunta ao especialista do tempo: queria saber se todos esses pequenos aparelhos que permitem falar uns com os outros, escrever e até mesmo ver-se a qualquer momento em qualquer lugar do mundo não terminariam suprimindo o tempo de refletir.

– De modo algum – disse o especialista do tempo com um grande sorriso. Ao contrário, trabalhando mais rápido e com mais eficácia, liberamos tempo para nós!

Heitor não estava muito certo disso. Lembrava-se de Clara sempre consultando seu celular ou suas mensagens na internet, mesmo durante os fins de semana.

Magda também fez uma pergunta:

– Sua distinção urgente-importante é interessante – disse ela. Mas, quando diz urgente ou importante, o senhor se refere a que? Urgente em relação a que? Importante para quem? Para mim? Para o meu chefe? Para Deus?

– Meu Deus, não sei! – disse o especialista do tempo, rindo. Você é quem deve definir suas prioridades.

Heitor pensou que não ia deixar Magda fazendo perguntas sozinha. Queria dar a impressão de que ela acertara ao sugerir seu nome a Paul.

De tanto ouvir seus pacientes falarem de trabalho e também seus amigos que trabalhavam muito, como Clara, ele terminou por fazer uma idéia da maneira pela qual as pessoas classificavam o urgente e o importante. E também a conhecer um pouco aqueles e aquelas que obtinham o melhor êxito.

Levantou a mão e passaram-lhe o microfone. Explicou que no trabalho, por exemplo, era importante diferenciar entre três tipos de coisas importantes: primeiro, as coisas importantes para que o trabalho seja bem feito; segundo, as coisas importantes para o seu chefe; e, terceiro, aquelas importantes para sua carreira.

– Num mundo ideal – disse Heitor – deviam ser exatamente as mesmas!

Essa reflexão fez todo mundo rir: as pessoas sabiam perfeitamente que não estavam em um mundo ideal! Heitor tinha observado com certa constância que as pessoas que punham o "trabalho bem feito" em primeiro lugar obtinham em geral menos recompensas que aqueles que privilegiavam o "importante para o chefe" ou o "importante para a carreira". Então, essas pessoas conscienciosas ficavam muitas vezes melancólicas porque não eram nunca recompensadas embora tivessem a impressão de ter feito seu trabalho bem feito. Heitor ajudava-as a pensar nas outras prioridades: o que era importante para seu chefe e para sua carreira. Mas, então, era importante também adivinhar o que era mais importante para o chefe: o trabalho bem feito, seu próprio chefe ou sua carreira? Em seguida, podia-se também tentar adivinhar como pensava o chefe de seu chefe, mas aí a coisa começava a complicar, como a teoria da relatividade.

– Mas – disse alguém –, não compreendo muito bem a diferença entre importante para minha carreira e importante para meu chefe, pois é meu chefe quem decide minha carreira.

– Não só e nem sempre – disse Heitor.

Para a carreira, também era importante conhecer um pouco outros chefes além de seu próprio chefe, manter-se informado do que se passava em outros lugares, fazer amigos novos em outros ambientes e aprender coisas novas que seriam úteis mais tarde.

– Como aprender a falar chinês – disse alguém.

Heitor estava contente. As pessoas pareciam achar suas pequenas reflexões interessantes.

Enquanto esperavam o biólogo, que ia explicar por que o tempo envelhece, Heitor pegou seu caderninho.

Exercício de tempo número 23: Faça uma tabela com quatro colunas: urgente-importante, urgente-não importante, não urgente/importante, não urgente/não importante. Ponha tudo que tem para fazer em cada coluna. Você avançou?

E gostou quando acrescentou seu próprio exercício:

Exercício de tempo número 24: Classifique tudo o que tem para fazer em "importante para fazer um trabalho bem feito", "importante para o chefe", "importante para a carreira". Quanto tempo usa para cada uma das três?

Súbito, Heitor pensou que se podia aplicar isso à vida da família.

Exercício número 24 bis: Classifique o tempo que passa fazendo coisas importantes para seus filhos, para seu marido e para você. Mostre o resultado ao resto de sua família.

Sentia que era um exercício um pouco perigoso para a paz doméstica e pensou que não o devia aconselhar a todo mundo.

Depois disso, voltou a se aborrecer um pouco, mas felizmente o biólogo tinha subido ao palco. Era um homem grande, de ar sério, e Heitor pensou que ele teria seguramente coisas interessantes a dizer para explicar por que envelhecemos, pobres de nós.

Heitor aprende por que envelhecemos

O biólogo

Muito interessante quanto às razões pelas quais envelhecemos. O mais importante: nossas células se reproduzem sem cessar, dividindo-se. Mas, a cada vez, é um pouco como fazer uma fotocópia a partir de outra fotocópia: a cópia não fica tão boa quanto o original. Portanto, cada nova geração de células funciona menos bem que a precedente. É isso que faz com que nosso corpo não funcione mais tão bem e que envelheçamos. E essa fotocópia incessante das células é comandada pelas extremidades dos cromossomos, os telômeros. Se, portanto, conseguíssemos controlar a ação dos telômeros, as fotocópias sairiam perfeitas, a nova célula seria idêntica à precedente, e nunca mais envelheceríamos; pararíamos na idade que temos...

– É genial – disse Magda.

– Trabalhamos nisso – disse carinhosamente Paul, que viera sentar-se a seu lado.

Heitor sentiu um pouco de vertigem pensando no que aconteceria caso conseguissem controlar mesmo os telômeros. As pessoas engoliriam um remédio e, vupt, ficariam para sempre na idade em que estivessem. Para aqueles que já são velhos, não teria muita graça. E, para os jovens, sobraria um problema difícil de resolver: com qual idade parar? Depois, quem teria acesso a esse medicamento? Os ricos, sem dúvida, antes de todos, que viveriam muito mais tempo que os pobres, o que não era novidade. Isso provocaria guerras? Morrer em um acidente seria então uma infelicidade ainda maior, pois faria perder centenas de anos de vida. Então, as pessoas não se transformariam em gente muitíssimo medrosa que jamais ousaria investir em coisas arriscadas? Não terminaríamos cansados de tanto viver? E, numa sociedade em que todos fossem jovens, a juventude não terminaria perdendo a sedução que exerce hoje, esse maravilhoso efêmero? E se ninguém mais morresse de velhice, como alimentar todas as crianças que chegassem à Terra? Parar de ter filhos? E, se ninguém mais fosse pai ou mãe, o que isso provocaria na mente das pessoas? Não seriam todos muito egoístas? Não ficariam todos infelizes?

Veremos quando acontecer, pensou Heitor. Mas não tinha certeza de querer estar por perto quando isso acontecesse. Por outro lado, a idéia de jamais envelhecer, ele e Clara...

Nesse momento, o biólogo passava um slide.

Era um verme gordo e branquicelo, não muito apetitoso, e Heitor achou um tanto impolido mostrar aquilo antes do jantar.

– Normalmente, esse tipo de verme não vive mais que três meses – disse o biólogo. Heitor sentiu um ligeiro calafrio, prevendo o que viria.

– Mas trabalhamos nos telômeros de seus cromossomos, que são muito mais simples que os nossos.

O biólogo deixou que um breve silêncio reinasse no anfiteatro e depois continuou:

– Este verme já vive há um ano.

Todo mundo fez: "Oooooh". Heitor perguntou-se o que o velho monge teria pensado disso tudo e, aliás, por onde andava ele e por que o xamã queria que ele estivesse naquela ilha?

– Bom, vamos jantar – disse Magda. Você vai ver, o menu é fantástico.

Heitor tinha certeza de que só haveria boas gorduras naquele cardápio. Ficou contente, pensando em todas as vacas, em todos os carneiros e em todos os porcos que podiam continuar a apreciar seu Ser-no-Mundo sem inquietude.

HEITOR ENTENDE QUE REGIME NÃO É TUDO NA VIDA

Aquela noite Heitor não sonhou.

Mas levantou-se muito cedo e decidiu dar uma volta pelo vilarejo e ver os barcos de pesca antes que o sol batesse muito forte.

No caminho, encontrou o biólogo, que deve ter tido a mesma idéia. Então, fizeram o passeio juntos.

– Estou curioso em saber o que vai dizer amanhã – disse o biólogo.

– Eu também – respondeu Heitor.

E o biólogo riu, achando que era uma brincadeira. Mas, não. Heitor não estava brincando: não sabia muito bem o que dizer, mas tinha ainda quase dois dias para pensar. Para que se apressar? No fundo, aquilo era algo a classificar entre o importante-mas-não-ainda-urgente; bastava que pensasse no assunto de tempos em tempos. Importante para quem, aliás? O biólogo, que se chamava

Patrick, era um magricela das faces encovadas e parecia bem jovem, embora Heitor adivinhasse que ele tinha ao menos um cão e meio a mais que ele. Heitor perguntava-se se à noite, em casa, Patrick fazia experiências com seus telômeros para manter-se jovem.

– Sabe por que essa ilha é um lugar excepcional? – perguntou Patrick no momento em que chegavam à praça da cidadezinha.

Um mercado funcionava a toda atividade, com gente vinda da terra firme para vender tudo o que não se podia fabricar na ilha, lâmpadas, máquinas de costura, café e até vestidos estampados para as moças, observou Heitor.

– Não – disse Heitor.

– É um dos lugares com mais centenários no mundo.

Heitor olhou a sua volta. À sombra dos plátanos, sentados nos bancos, viam-se senhores e senhoras – e, sem dúvida, entre eles alguns centenários – e, um pouco mais afastados, na beira do cais, pescadores conversando ao lado de suas redes e de cestos repletos de peixe. Mais à frente, mulheres iam ao mercado. E, em todo lugar, crianças brincavam e corriam umas atrás das outras, porque era domingo e não tinha aula.

O sino da igreja tocou lentamente às 7 horas.

Heitor e Patrick decidiram tomar um café no terraço de um pequeno restaurante que funcionava também como mercearia-bar-material de pesca-armarinho-aluguel de bicicletas.

A dona do café (que surpresa! ela parecia um pouco com a mãe de Ying Li no sonho de Heitor) perguntou se queriam comer algo e eles concordaram.

Além do café, tiveram direito a fatias de um ótimo pão bem escuro, um pequeno pires com azeite de oliva, dois ou três tomates frescos e um potinho de arenque marinado.

– Eis o segredo! – exclamou Patrick. O regime alimentar! Legumes, peixe, nozes, frutas secas. Só boas gorduras!

Heitor lembrava que esse tipo de alimentação era conhecido como regime mediterrâneo. Não era um acaso, justamente, porque essa ilha encontrava-se no meio do mar chamado Mediterrâneo!

– Outra coisa também: comem pouco, menos que nós. Se subalimentarmos ratos, eles vivem por mais tempo.

Vendo as faces encovadas de Patrick, Heitor pensou que ele também devia evitar muito alimento.

– Se as pessoas de nossos países comessem menos, ganharíamos ao menos dez anos de vida – disse Patrick, engolindo um arenque marinado.

Certo, pensou Heitor. Mas, viver com fome?

Heitor continuava a olhar as crianças brincando à sua volta, os homens descarregando seu peixe em meio às conversas, as mulheres discutindo entre si qual seria a melhor máquina de costura e senhores e senhoras sentados, não muito distantes, em seus bancos. Sem dúvida, alguns deles deviam estar observando seus tataranetos.

Heitor lembrou que nessa ilha e em todas as ilhas da região, há muito tempo, antes da religião de Heitor chegar por ali, as pessoas também acreditavam que a vida recomeçava depois da morte e até o mundo inteiro recomeçava de tempos em tempos, como o sol que se levanta todas as manhãs para se pôr no fim do dia.

Uma ilha em que os kablunaks vivem como os inuits.

Heitor pensou que o regime mediterrâneo certamente fazia muito bem à saúde. Mas havia ainda outras razões, Heitor tinha certeza, para o número de centenários daquela ilha. Isso lhe deu algumas idéias para apresentar ao colóquio no dia seguinte. Ele saberia o que dizer.

Heitor descansa

De volta a seu quarto, como continuava sem saber por que estava ali, Heitor decidiu dar uns telefonemas. (De fato, ele sabia muito bem o motivo: estava ali porque Paul e Magda o convidaram. Mas, como naquelas conversas que esconde outra conversa, achava que a verdadeira razão só o xamã conhecia. Heitor lembrou a pergunta que fizera um filósofo do qual falara o filósofo: por que há um Universo? Por que não o absolutamente nada?)

Primeiro, telefonou para Clara.

Ela disse que se sentia melhor e que estava com saudade. Heitor ficou tão contente que sentiu as lágrimas subirem aos olhos, mas controlou-se porque um homem não é feito para chorar, salvo no enterro de seus amigos. Disse a Clara que ele também tinha muita saudade e que contava voltar logo para casa. Beijaram-se por telefone e Heitor sentiu de novo grandes ondas de amor passar entre eles com a velocidade da luz, como se o tempo não existisse e eles tivessem voltado ao começo de sua história.

Depois, tentou telefonar para Thomas, o que não era muito fácil, você pode imaginar. Finalmente, Thomas ligou de volta alguns minutos depois.

– Voltei ao acampamento – disse.

Heitor imaginava-o na grande tenda onde tinha almoçado com Hilton e Eleonora, perto dos aparelhos que permitiam falar com todos os lugares do mundo e de que tanto gostava o especialista do tempo.

– E o xamã? – perguntou Heitor.

– Ele nos deu um susto – disse Thomas.

Explicou que o xamã, além da cerveja de líquen, tinha bebido também muita vodka que os inuits acharam em outra aldeia inuit. Agora, estava deitado, imobilizado num leito de enfermaria do acampamento kablunak, cercado por um monte de aparelhos piscando que permitiam vigiar seus batimentos e evitar que dormisse para sempre.

– O médico diz que ele vai se safar.

A aventura provava que os xamãs, como os psiquiatras, podem ser muito sabidos para tratar dos outros, mas nem sempre muito espertos quando se ocupam de si mesmos.

Nenhuma nova mensagem do xamã, portanto. Heitor não avançava muito.

Depois, telefonou para o velho Arthur.

– Estou de novo ligado àquilo que eu gosto tanto – disse, animado, o velho Arthur. E, por enquanto, não penso no ponto final desse trem! Heidegger me daria uma péssima nota!

Heitor perguntava-se com o que se parecia a nova locomotiva capaz de fazer feliz um vagão tão velho.

Sem querer dizer mais nada, por causa do segredo profissional, o velho Arthur disse a Heitor que Clara ia melhor. Não ia precisar das pequenas pílulas, mas seria uma boa idéia Heitor voltar o mais rápido para casa.

– Como sabe, meu caro amigo, em amor tudo é uma questão de concordância dos tempos!

Heitor achou isso ótimo como reflexão e pensou que ele a anotaria em seu caderno.

Enfim, tudo ia bem, e como Heitor tinha se levantado cedo, sobretudo para um psiquiatra, resolveu deitar cinco minutinhos para descansar antes de ouvir as primeiras palestras daquele dia: um monge da sua religião e, mais tarde, o piloto de corrida.

Mas o cochilo virou um sono e ele dormiu. Uma pena, porque certamente aquelas pessoas deviam ter coisas interessantíssimas para contar.

Heitor e os dois centenários

Heitor estava deitado em uma cama, tinha um pequeno tubo nas narinas, um outro mais grosso na garganta e uns fiozinhos colados em todo o corpo para monitorar sua respiração e as batidas de seu coração. Aparelhos piscavam à sua volta.

O mais difícil é que ele não podia se mexer nadinha. Nem falar. Sentia-se, porém, completamente desperto e até ouvia o vento da neve lá fora. Viu uma jovem aproximar-se. Era uma enfermeira inuit com um chapeuzinho branco e... Ai! Ela tinha enfiado uma lampadazinha elétrica direto no seu olho, e depois outra. Era muito desagradável, mas ele não podia dizer nada. A enfermeira desapareceu de sua vista, mas, como não podia nem mexer a cabeça, Heitor não sabia se ela continuava por perto.

Era mesmo muito difícil ficar acordado, ouvindo aquele bip-bip dos aparelhos o tempo todo sem poder se mover.

O único meio de escapar a isso teria sido sonhar, mas como sonhar sem dormir?

Heitor fez um esforço e, pronto, conseguiu. Estava na praia do vilarejo, bem próximo à igreja, e viu Patrick afastando-se, mastigando os arenques marinados que jogava para o alto, o que divertia as crianças que corriam atrás dele.

Num banco, à sombra de um plátano, notou dois senhores que o observavam. Decidiu ir conversar com eles.

Olharam-no aproximando-se e sorriram. Pareciam muito velhos, tão velhos que até suas rugas tinham desaparecido. Seus olhos eram um pouco turvos, mas, mesmo assim, mostravam contentamento ao ver Heitor. Deviam mesmo ser centenários, pensou ele.

– O senhor deu uma bela volta pelo mundo – disse o centenário que usava um chapéu.

– Gosto de viajar.

– Nós também – disse aquele que usava um boné, o mesmo tipo de boné que se usava antigamente no país de Heitor.

Heitor e os dois centenários falavam a mesma língua, embora fosse difícil dizer que língua era aquela.

– Sente-se, saia do sol, vai ficar com calor – disse o centenário de boné.

E Heitor gostou de sentar-se à sombra, pois as peles de raposa começavam a esquentá-lo.

E eles continuaram olhando as crianças brincando na praça e os barcos chegando do mar que tinha a cor de um azul profundo.

– Pergunto-me se viverão tanto tempo quanto nós – disse o centenário de chapéu.

– A medicina será melhor, fará progressos – disse o que usava um boné.

– Mas não terão a mesma vida. Agora estão sempre com pressa.

– E talvez se alimentem mal. E correm o risco também de ficarem sozinhos.

– Depois, um dia, terminarão em casas de repouso.

Aí não disseram mais nadinha. Dava para sentir que a casa de repouso era um assunto muito triste.

– Quem sabe a gente não termine se acostumando – disse o centenário de boné.

– Pode ser... Mas, ver só velhos, o dia inteiro...

– Você exagera. Tem os funcionários, também.

– Eu sei. Mas você consegue se imaginar trancado num quarto em vez de estar aqui, vendo isso tudo? – disse o centenário de chapéu, mostrando o céu azul, a praça, os barcos, o mar, as crianças.

E ele tirou o chapéu, liberando uma bela cabeleira branca. Heitor notou então que ele usava uma gravata-borboleta.

– Tenho uma pergunta a lhe fazer – disse Heitor.

– Uma pergunta? – disse o centenário de gravata-borboleta. Faz tempo que ninguém me faz nenhuma.

– As questões me divertem, as respostas é que me cansam – disse o centenário de boné.

– Na opinião dos senhores, o que é uma vida bem preenchida?

Os dois centenários olharam um para o outro e depois começaram a rir. Dava gosto vê-los assim, mas isso não ajudava muito Heitor.

Finalmente, o centenário de gravata-borboleta parou de rir e disse muito seriamente:

– Essa idéia de uma vida bem preenchida é uma idéia bem ruim. Porque nunca se pode preencher a vida quanto se queira. E a gente também a preenche com erros, evidentemente. O que conta é cumprir bem certos momentos. Ou viver plenamente certos instantes, se preferir.

– E, aliás, para preencher bem o presente, muitas vezes é preciso esvaziar-se do resto – completou o centenário de boné.

Heitor entendeu o que ele queria dizer. Sabia que para apreciar um momento era preciso deixar que ele o invadisse, sem se ocupar com mais nada nem se preocupar com outras coisas.

– A vida não é como uma garrafa que precise ser cheia – disse o centenário de gravata-borboleta. Ela é mais parecida com uma música: há certos momentos monótonos ou não tão bons, e outros mais intensos. A música dá uma ótima idéia do tempo. Uma nota só o emociona porque você se lembra da nota precedente e porque espera a nota seguinte... Cada nota só ganha sentido envolta de um pouco de passado e de futuro.

O centenário de gravata-borboleta pôs-se a assobiar e logo o centenário de boné o acompanhou.

Heitor reconheceu uma ária composta por um grande músico que usava peruca e que devia achar que tinha uma vida realizada e bem preenchida: inventara centenas de peças musicais e, ao mesmo tempo, tinha sido pai de dezoito filhos!

Ele não estava com seu caderninho, mas prometeu anotar:

Exercício de tempo número 25: Escute uma música e pense que ela é como o tempo. Compare com a sua vida.

Heitor e o eterno retorno

Nesse momento, a dona do café veio até eles.

– Cantarolar é muito bom, mas acho que agora é hora de pensar no almoço – disse ela.

– Ah, temos todo o tempo do mundo – disse o centenário de gravata-borboleta.

– Conte com nosso amigo aqui também – disse o centenário de boné, mostrando Heitor.

– Eu já pus mais água na panela – respondeu a moça.

E afastou-se.

– É que ela ia conseguir nos apressar! – disse o centenário de gravata-borboleta.

– Ah, que exagero! Ela só é parecida com a mãe. E com a avó também, eu lembro.

– Como pode lembrar, se não é daqui? – disse o centenário de gravata-borboleta.

– Nem você – retrucou o centenário de boné.

– Ah, é... É verdade.

E os dois olharam para Heitor.

– Vai embora logo? – perguntou o centenário do chapéu, sem o chapéu.

– Não sei, disse Heitor. Estou contente aqui, mas não sei bem por que eu vim.

– Acho que não vai ficar por muito tempo – disse o centenário de boné dando um ligeiro suspiro.

Nesse momento, Heitor percebeu que seu boné era um boné de chefe de estação. Era curioso, porque não havia trem naquela ilha.

– O senhor é chefe de estação? – perguntou Heitor.

– Às vezes – disse o centenário de boné de chefe de estação.

– Ele ainda trabalha – disse o centenário de gravata-borboleta.

– E se eu quisesse pegar o trem em sua estação? – perguntou Heitor.

– Então, corra, precisa se apressar porque, como sabe, não vou ficar aqui por muito mais tempo – disse o centenário de boné com um sorrisinho.

Então Heitor o reconheceu.

Um dos aparelhos no quarto começou a tocar e ele esperou a enfermeira entrar.

Mas não era qualquer aparelho. Era o telefone que tocava.

Heitor atendeu.

– O que aconteceu? – perguntou Magda. Você perdeu o monge.

– Foi interessante? – perguntou Heitor.

– Ah, muito. Aprendi a diferença entre a eternidade,

a sempiternidade e a eviternidade.

– Depois vai me contar – disse Heitor. Estou chegando.

Mas, antes, ele telefonou para Trevor e Katharine. Foi Trevor quem atendeu.

– Vocês tomaram de novo o trenzinho que sobe ao monastério? – perguntou Heitor.

– Eu não. Mas Katharine voltou com alguns amigos.

– O senhor que distribui as passagens ainda está por ali?

Trevor chamou Katharine.

– Não, disse Katharine. Era um jovenzinho. Ele me disse que o velho chinês estava cansado.

– Estou chegando – disse Heitor.

Pensou que Paul e Magda não iam gostar. Mas eles entenderiam. Além do mais, o velho Arthur talvez tivesse tempo de chegar de hoje para amanhã, com sua nova locomotiva que, obviamente, ficaria encantada com uma ilha tão bela e admiraria o velho Arthur dizendo coisas tão inteligentes. Tinha certeza de que o velho Arthur conversaria com um centenário no banco da aldeia.

E, se isso não fosse possível, talvez o especialista do tempo pudesse dizer "instantaneidade" e fazer aparecer o velho Arthur numa grande tela plana instalada no meio do anfiteatro. E, no dia seguinte pela manhã, a moça que entortava o calcanhar nos pedregulhos do caminho iria ao encontro de Paul no banco de pedra com um pacote de novos programas recém-impressos, o que provava que o mundo talvez fosse mesmo um eterno recomeço sem nenhuma melhora, e era preciso ser muito corajoso para suportar essa idéia, como tinha dito o filósofo do imenso bigode.

Heitor lembrou-se então de seu nome: Nietzsche.

Heitor é um bom médico

No dia seguinte, antes de partir, Heitor foi ver Paul. Tomaram um café olhando o mar, que era àquela hora de um azul muito pálido, exatamente a cor do céu do pólo norte do lado em que o sol nasceria, pensou Heitor. Ou dos olhos de Eleonora... Mas ele afastou esse pensamento.

– Suas pílulas me acalmaram – disse Paul. Mas as perguntas que faço a mim mesmo continuam as mesmas.

– A respeito da vida bem vivida?

– Sim. Penso que, afinal, ela não foi assim tão mal cumprida, embora haja os vazios não preenchidos. E com um buraco bem no fundo da garrafa!

Paul até conseguia rir de si mesmo. Portanto, estava melhor.

– Melhor que compará-la a uma garrafa, tente comparar sua vida a uma música.

E contou a Paul o que os centenários lhe tinham revelado em sonho. (Claro que não contou que era um sonho, pois Heitor era um psiquiatra moderno, não um xamã; pelo menos era assim que Paul o via.)

– O tempo, como a música? – perguntou Paul perplexo.

– Exatamente – disse Heitor. Cada nota só faz sentido graças à nota anterior e à nota que seguirá. A nota, numa música, é como o presente que não pára de se transformar em passado. E, contudo, a música existe!

Depois, enquanto se afastava, ouviu Paul assobiando.

Não muito bem, aliás. Mas, veja só, era a mesma ária do grande compositor com dezoito filhos que vivera uma vida bem vivida!

Heitor bebe demais

Eleonora abriu o caderninho e começou a ler.

Exercício de tempo número 1: Conte sua vida em cachorros.

Exercício de tempo número 2: Faça a lista do que você queria fazer na vida quando era criança e sonhava em ser gente grande.

Exercício de tempo número 3: Num dia, conte o tempo que tem para você. Dormir não conta (só se for no escritório).

Exercício de tempo número 4: Pense em todas as pessoas e em todas as coisas às quais você não dá muita atenção, porque um dia elas terão passado e será demasiado tarde.

Exercício de tempo número 5: Imagine que sua vida é como um grande rolo de tecido no qual você cortou todas as roupas que já usou. Imagine o guarda-roupa que você ainda pode cortar no que sobra do tecido.

Exercício de tempo número 6: Escreva tudo que faz você se sentir mais jovem. Escreva, em seguida, tudo que faz você se sentir mais velho.

Exercício de tempo número 7: Se você não acredita em Deus, imagine que acredita. Se acredita, imagine que não acredita mais. Observe o efeito sobre sua visão do tempo que passa.

Exercício de tempo número 8: Faça um jogo com os amigos. Tente achar uma definição do tempo. Primeiro prêmio: um relógio.

Exercício de tempo número 9: Use o tempo que quiser para pensar. O passado não existe mais, portanto não existe. O futuro não existe ainda, portanto não existe. O presente não existe, pois assim que falamos nele, já é passado. Então, o que existe?

Exercício de tempo número 10: E se sua vida não fosse senão o sonho de outro? Neste caso, onde ele dorme?

Exercício de tempo número 11: Esconda seu relógio. De tempos em tempos, anote a hora que imagina ser. Depois, confira com a hora do relógio.

Exercício de tempo número 12: Pensando em todo o seu passado, tente prever todo o seu futuro (enfim, seu futuro mais provável).

Exercício de tempo número 13: Quando encontrar uma pessoa idosa, tente sempre imaginar como ela era quando mais jovem.

Exercício de tempo número 14: Pense que envelhecer talvez aproxime você do Reino dos Céus (ou da denominação que esse lugar tenha em sua religião).

Exercício de tempo número 15: Imagine que você seja uma vaca. Não lembra que foi criança, não sabe que vai morrer. Você seria mais feliz? Se pudesse escolher, preferiria ser uma vaca? Ou então outro animal? Qual?

Exercício de tempo número 16: Concentre-se e tome consciência de que não há tempo sem movimento, nem movimento sem tempo. O tempo é a medida do movimento.

Exercício de tempo número 17: Faça uma coleção de belos poemas a respeito do tempo que passa. Aprenda-os de cor e recite-os a amigos mais velhos e mais jovens que você.

Exercício de tempo número 18: Você usa seu tempo para tentar mudar o que pode ser mudado? Tenta aceitar o que não pode ser mudado? Você faz a diferença entre os dois? Tente responder "sim" com freqüência a essas três perguntas.

Exercício de tempo número 19: Conheça os filhos das mulheres que você amou quando era mais jovem.

Exercício de tempo número 20: Leia um bom livro de ciência a respeito do tempo e da teoria da relatividade. Passe um pouco de tempo a compreender por que, se não podemos ultrapassar a velocidade da luz, isso quer dizer, então, que não podemos voltar ao passado.

Exercício de tempo número 21: Se quiser parecer mais jovem, fique sempre na sombra (ou sob a luz de velas).

Exercício de tempo número 22: Na sua opinião, o que é uma vida realizada?

Exercício de tempo número 23: Faça uma tabela com quatro colunas: urgente/importante, urgente/não importante, não-urgente/importante, não urgente/não importante. Anote tudo que tem para fazer em cada coluna. Você avançou?

Exercício de tempo número 24: Classifique tudo o que tem para fazer em "importante para fazer um trabalho bem feito", "importante para o chefe", "importante para a carreira". Quanto tempo usa para cada uma das três?

Exercício número 24 bis: Classifique o tempo que passa fazendo coisas importantes para seus filhos, para seu marido e para você. Mostre o resultado ao resto de sua família.

Exercício de tempo número 25: Escute música e pense que ela é como o tempo. Compare com a sua vida.

Eleonora leu alguns dos exercícios uma segunda vez. Depois fechou o caderno, dizendo:

– Não queria que tomasse como uma crítica, mas sua visão da filosofia é um pouco sumária!

– É um resumo. E ainda não acabei – disse Heitor.

– E então, com que continuamos, um *pinot* ou um *cabernet*? – perguntou Thomas.

– Deixo à sua escolha – disse Heitor.

E Thomas chamou o *sommelier* chinês.

Jantavam, os três, no terraço envidraçado de um belo restaurante no último andar de um hotel. Viam a cidade chinesa na noite brilhante de luzes e até um pequeno farol no alto da montanha para que os aviões não viessem arrebentar-se contra ela.

Quando resolveu voltar à China, Heitor telefonou para Thomas. Pensou que seria bom se fossem os dois a procurarem o velho monge. Depois, preferia não se ver de novo sozinho naquela cidade chinesa. Terminaria ligando para Ying Li novamente.

– Como vocês dois bebem! – disse Eleonora

O problema é que Eleonora tinha vindo junto com Thomas. Podia pilotar seu aviãozinho, disse ela, e precisava mesmo de umas férias e por que não acompanhar Thomas? Thomas respondeu: por que não, de fato?

– Sabem que o álcool faz envelhecer? – disse Eleonora.

Heitor e Thomas entreolharam-se.

– Vai ver que não temos medo do tempo que passa – disse Heitor.

– É porque são homens e sabem que vão sempre encontrar uma moça que goste das rugas de vocês ou que finja não vê-las!

– Beber talvez nos faça esquecer o tempo que passa – disse Thomas.

Nas outras mesas em torno deles, havia muitas chinesas e muitos chineses bem vestidos ocupados em esquecer o tempo que passa. Thomas disse a Heitor que a China e o Japão salvaram o conhaque e, pelo que podia observar naquele lugar, Heitor pensou que continuavam ciosamente na mesma campanha.

Tinham chegado muito tarde, tarde demais para ver quem distribuía os bilhetes do trenzinho. Antes da manhã do dia seguinte não tinham muito o que fazer, a não ser deixar o tempo correr numa conversa agradável.

Eleonora leu novamente a lista dos exercícios de tempo que Heitor tinha anotado em seu caderno.

– Você reinventou, ou lembrou, não sei (Heitor também não sabia mais!), Aristóteles e Santo Agostinho: "Há um presente do passado, um presente do futuro, um presente do presente."

Heitor estava impressionado. Eleonora contou que, além de aprender a pilotar, ela também tinha estudado filosofia.

– Eu queria entender de que serve viver – disse Eleonora.

Mais uma vez, Heitor pensou consigo mesmo que Eleonora devia ter tido alguns problemas com seu pai ou com sua mãe. Ou com os dois.

– Santo Agostinho tomou consciência, continuava Eleonora com os olhos brilhantes de excitação, de que tudo só existe no presente. O passado, o futuro, existem apenas no momento em que são presentes. Há quem diga, ao contrário, que o presente não existe. Mas pode-se afirmar também o inverso: nada existe fora do presente! Só se pode viver no presente, não há meio de escapar dele!

O que quer que faça ou o que quer que pense, sempre é hoje e agora!

Logo Thomas se pôs a cantar com uma voz bem bonita:

– *Today is my moment and right now is my story while I laugh and I cry and I sing...*

Today while the blossoms still cling to the wine...

E ele levantou o copo para que Heitor o servisse.

– Você canta superbem – disse Eleonora com ar surpreso.

– ... *I'll taste your strawberrys and I'll drink your sweet wine and a million tomorrows shall all pass away here I forget all the joy that is mine tooooo-daaaay...*

Mais uma vez, Heitor pensou que os poetas são mais capazes de fazer brotar sentimentos que os filósofos.

– Então podemos dizer que o presente dura sempre? – perguntou Thomas depois de esvaziar o copo.

– Exatamente. Por isso pode-se dizer que o presente é o reflexo da eternidade no tempo!

Heitor lembrou: essa tinha sido a última frase de Rogério na motoneve!

– Essa frase é de um filósofo dinamarquês, Kierkegaard – disse Eleonora. Foi o primeiro dos existencialistas. Pensava que se deve viver a vida com paixão. Para ele, viver era montar um cavalo selvagem, em vez de dormir numa carroça de feno. Gosto muito dele – disse Eleonora, parecendo tão emocionada quanto uma jovenzinha falando de um cantor pop.

De fato, Heitor achava que Eleonora, com seu aviãozinho, vivia a vida como uma amazona de um cavalo selvagem. Aliás, ela talvez o tenha escolhido, a ele, Heitor, como seu novo cavalo, o que não deixava de ser uma lisonja.

– Dizia também que crer em Deus, ou casar, devem ser escolhas passionais e pessoais, pois não há nenhum argumento racional para fazê-lo ou não fazê-lo. O importante é escolher, e então engajar-se resolutamente na escolha feita.

Heitor prometeu a si mesmo ler Kierkegaard, pois ele, naqueles dois campos, nem sempre escolheu escolher. Com isso, lembrou-se também do que tinha respondido Nume a Rogério.

– E o que fazia Deus antes da criação do mundo? – Heitor repetiu a questão de Nume. Havia tempo, então?

– Para Santo Agostinho, não. Deus criou o tempo e o espaço como componentes do Universo. Para Kant, Deus nos deu o tempo como meio de compreender o mundo, aquilo que ele chamava uma forma *a priori* da sensibilidade. O tempo só tem realidade em nossa alma. Para Leibniz, o tempo não está em nossa alma, corresponde antes a uma realidade física exterior a nós, em que os eventos sucedem-se no tempo, mas cuja realidade é criada, claro, por Deus. Para essa gente, antes da criação não havia tempo. Deus estava, ou melhor, está, na eternidade, que é o fora do tempo.

– E os físicos, o que dizem disso? O *big-bang* e aquilo tudo... – perguntou Thomas.

– Os físicos nos ensinam que o tempo não corre sempre com a mesma velocidade – disse Heitor, que se lembrava da conversa com Humberto e da viagem ao futuro.

– Em todo caso – disse Thomas –, os físicos podem ao menos fazer experiências para verificar suas teorias e saber quando se enganam ou quando têm razão. Mas a filosofia diz qualquer coisa e também seu contrário!

– Sim – disse Eleonora. Mas a filosofia ensina a pensar. E depois, no fim, pode-se escolher sua pequena filosofia para uso próprio.

– Por exemplo? – perguntou Heitor.

Eleonora olhou para ele e Heitor pensou que não devia ter feito a pergunta.

– Eu, por exemplo, escolhi viver só o presente. Evito pensar no futuro e menos ainda no passado... No máximo, penso no futuro imediato.

E Eleonora mergulhou seu olhar muito azul no olhar de Heitor.

– E o que acontece com Hilton, neste caso? – perguntou Heitor.

Eleonora se pôs a rir.

– Isso é um truque de psiquiatra? Oh, Hilton vai bem, mas é meu exato oposto: ele vive no passado, com suas bolhas, e no futuro, com seu desejo de fundar uma família.

Heitor pensou que Eleonora faria bem se gostasse de Hilton, pois ele sabia engajar-se em escolhas passionais e suas escolhas na vida não eram nada racionais, como cavar buracos no gelo a menos de cinqüenta graus ou, ainda mais difícil, querer fundar uma família com alguém como Eleonora... Mas, é assim mesmo, o amor tantas vezes é injusto e Eleonora preferia Heitor, que não era nenhum rei dos engajamentos passionais.

– E se a gente terminasse com um champanhe? – perguntou Thomas, pois a expressão "pequenas bolhas" tinha lhe trazido algumas recordações, o que prova uma vez mais que o passado só existe no presente e pode se tornar muito rapidamente futuro imediato, quer dizer, presente do futuro, ou futuro do pretérito, se você acompanhou direitinho o raciocínio.

Heitor e a tentação

Depois do jantar, cansados, sobretudo Heitor e Thomas, eles decidiram voltar ao hotel. Era o mesmo hotel em que Heitor estivera a primeira vez que fora àquela cidade, quando conheceu Ying Li e o velho monge. Mas ele tinha bebido champanhe e estava alegre e voltar àquele mesmo hotel com Thomas e Eleonora afastava as suas lembranças.

Disseram boa-noite quando saíram do elevador, cada um foi para o seu quarto e Heitor conseguiu evitar o encontro com o olhar de Eleonora.

Quando entrou no quarto, um quarto muito confortável com uma cama para pelo menos duas pessoas, Heitor sentiu-se cansado e decidiu deitar um pouco antes de escovar os dentes. Acomodou-se, ainda vestido.

O colóquio prosseguia, no mesmo grande anfiteatro, mas agora fazia muito frio e no lugar das belas almofadas azul marinho estavam todos sentados sobre peles de animais.

Sobretudo – Heitor observou – estavam todos terrivelmente envelhecidos, já carecas ou encanecidos e muitos olhos velados pelo tempo olhavam para ele. Notou uma velhinha que ainda guardava um belo sorriso. Era Magda. Quanto a Paul, parecia tão velho, assim imóvel e silencioso, que podia-se imaginar que estivesse morto se não tivesse aberto o olho e feito um pequeno gesto com a cabeça na direção de Heitor. Patrick, o biólogo, também tinha envelhecido muito e mastigava um arenque marinado.

Heitor pensou que ele tinha muita sorte. Primeiro, porque usava uma bela roupa de pele de raposa das neves que o mantinha aquecido. Depois, porque embora ele mesmo também tivesse envelhecido – dava para ver por suas mãos enrugadas –, sentia-se, porém, em plena forma.

– Pois bem. Vou contar a vocês uma história que muito interessa aos psiquiatras e que lhes dá muito trabalho: a crise da meia-idade. Mas sei que é um pouco tarde para vocês.

Um murmúrio atravessou o ambiente.

– Não! Não é tarde demais para nós! – gritou Magda.

– Não mesmo! – disse Patrick. Estamos bem nessa crise!

E Heitor sentiu-se um pouco estúpido: tinha esquecido que, graças aos progressos da medicina, todas essas pessoas já bem velhas só agora chegavam à meia-idade.

– Bem – disse ele. A crise da meia-idade corresponde justamente ao momento em que a gente começa a pensar na vida que nos resta. Mais jovens, não pensamos muito no assunto, vivemos num futuro próximo, sem nos preocuparmos com os limites da vida, mesmo se sabemos que um dia ela terminará.

– Pode-se dizer que a crise da meia-idade chega quando começamos a contar a vida em cachorros?

Heitor reconheceu Fernando, em pé na última fila. Ele também tinha envelhecido e agora estava ainda mais magro e mais alto. Trazia um grande cão pela coleira e Heitor reconheceu Nume, que não tinha, ao contrário, mudado nada e olhava para ele com seus olhos claros e inteligentes.

– Sim. Contar a vida em cachorros – disse Heitor – pode ser um sinal. Mas não é o único. Pode-se dizer que a crise da meia-idade é o momento em que você faz o balanço do que foi a sua vida e, sobretudo, compara o que esperava da vida quando era mais jovem ao que tem agora. Às vezes, o saldo é bom, e você acaba concordando que era mesmo o que esperava, ou ainda melhor.

– É o que eu acho. Mas nem sempre é fácil – disse uma senhora. Heitor reconheceu Sabrina, a paciente que lhe dizia sempre que sua vida era um inferno. Heitor estava surpreso: Sabrina não tinha envelhecido tanto. Estava sentada entre dois jovens, um rapaz e uma moça, que deviam estar perto dos vinte anos, e que pareciam, os dois, um pouco maiores que a mãe.

– Parabéns – disse Heitor. Às vezes, porém, a conta não é tão boa: ou você não tem o que esperava ou, quando tem, está decepcionado. Então, pensa que o que esperava da vida quando jovem não era bem o que você queria e que se deixou influenciar por seus pais, pelos amigos ou por seus professores. E agora, quer mudar de vida! Mas já lhe parece um pouco tarde, claro...

– É o que eu penso às vezes! – disse Sabrina.

– Ah! O que demonstra que ter filhos nem sempre resolve as coisas! – gritou Magda do outro lado.

– Ninguém disse isso – respondeu Sabrina, um pouco irritada.

Súbito, Heitor sentiu-se angustiado. Não conseguia saber se ele tinha tido filhos com Clara. Fazia um terrível esforço para tentar lembrar. E, durante esse tempo, parou de falar.

– Mas, enfim, doutor, continue, por favor! – dizia Magda.

– Sim – disse Paul. Estamos perdendo tempo!

– Cuidado – disse Patrick. Nossos telômeros envelhecem.

Mas Heitor estava completamente bloqueado. Sim ou não? Tinha ou não tinha filhos com Clara?

Paul se pôs a tamborilar sobre uma pilha de programas que mantinha nos joelhos, como se quisesse acordar Heitor, e aquilo fazia um "bum, bum, bum" cada vez mais forte.

Alguém batia na porta de seu quarto. Heitor foi abrir. Já sabia quem era e pensou que talvez fosse melhor não atender. Mas, ainda adormecido, foi seu corpo que abriu a porta enquanto ele pensava.

– Toquei várias vezes – disse Eleonora. Como ninguém atendeu, pensei que estivesse se sentindo mal ou, sei lá, talvez estivesse com algum problema.

Sentou-se graciosamente numa das poltronas do quarto e acendeu um cigarro.

– Sabe que o fumo envelhece? – disse Heitor.

– Ah, essa não! Claro que eu sei, mas só fumo de vez em quando... quando não sei muito o que dizer.

E Heitor recebeu de novo o olhar azul de Eleonora no seu. Heitor sentia que seu próprio corpo, o mesmo que tinha aberto a porta, começava a se agitar, porque ele tinha sentido o corpo de Eleonora muito perto do seu, como dois animais sentem a presença um do outro na noite escura.

Pensou que, assim de muito perto, era bem difícil resistir à tentação. A oração que lhe faziam recitar quando pequeno era excelente desse ponto de vista: "Não nos deixai cair em tentação." Talvez ele não a tivesse recitado o bastante desde então!

Tentou pensar em Clara, mas isso não ajudava muito, pois a presença muito próxima de Eleonora olhando para ele era poderosa.

Heitor acabou de acordar completamente, o efeito do champanhe tinha passado e ele viu subitamente todos os detalhes daquele quarto que lhe trazia tantas lembranças, e viu a porta de vidro do banheiro atrás da qual certa manhã ele tinha escutado alguém cantarolando.

E foi assim que Heitor não fez bobagem e continuou fiel a Clara.

Thomas é bom aluno

No dia seguinte, Heitor levantou-se cedo e de muito mal-humor. Escovando os dentes, pensou que era assim, talvez, que se reconheciam as boas ações, as boas de verdade: a gente não se sente melhor depois de tê-las praticado. Consolou-se dizendo a si mesmo que se tivesse, como se diz, cedido à tentação, talvez estivesse pior agora.

Podia telefonar para Clara, mas achou melhor não fazê-lo, pois estava com um pouco de raiva dela. Por que não estava ali junto com ele? Com Clara por perto ele não teria sido submetido à tentação. E quando a tentação chegava, como na noite passada, era obrigado a fazer um esforço um tanto doloroso para resistir a ela. Sabia que era injusto ficar com raiva de Clara por causa disso, mas assim mesmo pensou que era melhor ligar mais tarde.

Heitor também não tinha muita vontade de rever Eleonora, nem tampouco Thomas, que a tinha trazido. Decidiu então que iria imediatamente à estação do trenzinho buscar notícias do velho monge. Mas, antes, era melhor ligar para Trevor e Katharine.

Porque é claro que você já entendeu que o velho chinês que distribuía as passagens do trem era o velho monge. Heitor não o tinha reconhecido da primeira vez que o viu, porque quando você espera ver uma pessoa que usa sempre uma túnica laranja de um lado do ombro é difícil reconhecê-la vestida como chefe de estação de trem. Heitor tinha certeza, porém, de que o velho monge o reconhecera. Por que não disse nada, nem falou com ele?

Telefonou para Trevor e Katharine. Tinham notícias do velho monge?

– Ah, sim, temos – disse Trevor. Mas precisamos nos ver para conversar.

E ele deu a Heitor o endereço. Era uma casa numa das encostas da montanha. Esperavam Heitor para o café da manhã.

Saindo do hotel, quem Heitor encontrou? Thomas! Estava chegando ao hotel.

– Como ontem eu não conseguia dormir – explicou Thomas –, saí de novo...

Heitor preferiu não perguntar aonde ele tinha ido.

Então, decidiram ir os dois fazer uma visita a Trevor e a Katharine.

Quem encontraram enquanto esperavam o táxi? Eleonora! Voltava de um pequeno passeio matinal, que lhe deu umas faces coradas, porque de manhã Eleonora passeava correndo.

Na noite da véspera, como Heitor não quis ser mais uma garrafa vazia lançada no rosto de Eleonora, tinha explicado a ela, muito gentilmente, que era melhor que fossem dormir cada qual de seu lado, mesmo se em um mundo paralelo ou, por que não, numa vida passada ou numa vida futura, o tempo poderia ser outro para os dois.

Eleonora deu um sorrisinho a Heitor, como para dizer que não estava com muita raiva dele.

Portanto, decidiram ir os três fazer uma visita a Trevor e a Katharine.

Trevor e Katharine os esperavam no jardim da casa, que era parecido com um jardim do país deles, cheio de flores e, sobretudo, de magníficas hortênsias. Pelo menos, eram as que Heitor reconhecia e a única flor que sabia dizer o nome.

Foram tomar o café na varanda e viam, dominando a vista, o mar ao longe com suas ilhas e trechos de costas afastadas e, ao fundo, as montanhas, ou então eram nuvens.

Katharine e Trevor explicaram que aquela tinha sido a casa deles, quando viveram naquela cidade. Agora, uns amigos moravam ali e deixavam a casa quando eles vinham em férias.

– Voltar a essa varanda é como voltar no tempo – disse Katharine.

Com efeito, pensou Heitor, se o tempo é a medida do movimento, fazendo o movimento voltar, podia-se acreditar que se voltava no tempo. Mas não era bem verdade, pois o movimento retomava seu curso alhures, do lado de seus telômeros, por exemplo.

Aliás, o chá, a porcelana azul e branca, as torradas perfeitamente no ponto e as geléias que tinham nomes que sempre terminavam em *berry*, tudo isso lembrava a Heitor o tempo em que foi aprender inglês, nas férias, em uma família um pouco parecida com essa de Trevor e Katharine.

– Uma vista dessas me dá vontade de voar – disse Eleonora olhando a cidade e o mar ao longe e todas aquelas pequenas ilhas.

– Ah, pilotar! – disse Katharine. Sempre foi meu sonho.

Eleonora e Katharine continuaram a conversar. Pareciam se entender muito bem e Heitor notou que Katharine, quando jovem, devia ter se parecido bastante com Eleonora. E se isso queria dizer que Eleonora, envelhecendo, ia ficar parecida com Katharine, então ela tinha muita sorte. Claro, ela ia precisar, daqui até lá, encontrar seu Trevor.

De tanto beber chá, Heitor precisou ir ao banheiro. Procurando-o pela casa, deu com uma foto de Trevor e Katharine, uma velha fotografia em branco e preto, já um pouco amarelada pelo tempo. Ali estavam os dois, bem jovens, de shorts, no meio de um grupo de crianças que pareciam muito pobres. Algumas estavam quase nuas e olhavam a objetiva com ar espantado. E, atrás deles, um pequeno barracão, que devia ser a sala de aula e, mais atrás, a floresta.

Lembrou-se do que dizia Trevor: para suportar o tempo que passa, era preciso ocupar-se em mudar o que pode ser mudado.

De volta à varanda, Heitor começou a conversar com Trevor a respeito do velho monge.

– O assunto é delicado – disse Trevor.

E foi buscar algo.

Thomas tinha dormido na poltrona, mas todo mundo fingia que não estava vendo.

Trevor voltou com um grande mapa e abriu-o sobre a mesa.

Heitor só viu montanhas e lagos e, num canto do mapa, uma fronteira com a China.

– É um velho mapa – disse Trevor. Agora, tudo isso é a China também.

Os cumes das montanhas tinham belos nomes, como Shishapangma, Gurla Mandhata ou Karakal.

Trevor mostrou um vale entre três montanhas, mas não havia nenhum nome de cidade nem de aldeia, nem nada indicado. Era bem no extremo da região que se tornou China também.

– Ele nasceu aqui – disse Trevor. E quis voltar para lá para morrer.

Heitor sentia-o já há certo tempo, mas mesmo assim foi um choque saber que o velho monge estava morrendo.

– Mas como vamos até lá?

– De avião – disse Eleonora.

E Heitor notou que ela também olhava o mapa, e já tinha feito cálculos em sua cabeça porque, mesmo se Eleonora lia os horóscopos, ela acreditava ainda assim que uma parte de seu presente do futuro era determinada pelo que fazia no presente do presente.

Nesse momento, Thomas acordou num sobressalto.

– Desculpem-me – disse, enrubescendo ao ver que todos olhavam para ele.

Depois, virou-se para Heitor.

– Eu sonhei... – disse. Um vale... perdido.

Heitor pensou que o xamã inuit, se já estivesse acordado lá no acampamento, devia estar bem contente. Ao contrário de muitos professores a quem Heitor receitara as pequenas pílulas, o xamã podia dizer que ele tinha pelo menos dois bons alunos.

Heitor e o eterno retorno (*bis*)

Parecia um urso pilotando o avião, mas era Eleonora, com um grande capuz de pele. Talvez o mundo fosse mesmo um eterno retorno, pensou Heitor.

O que o fazia pensar assim era o ótimo champanhe que Thomas tinha trazido – e que ele bebia mais uma vez numa viagem de avião, mas, agora, numa taça de verdade, o que mostrava que o novo retorno do mundo às vezes podia ser melhor que o precedente, contrariamente ao que pensava o filósofo do bigode enorme.

O que não era um tão bom recomeço era a viagem, Em vez de voarem na noite polar, onde nada se vê e, portanto, nada se teme, agora voavam entre imensas montanhas cercando-os perigosamente. A cada vez que passavam por uma, Heitor e Thomas tinham a impressão de que o avião ia se arrebentar contra ela – e eles junto.

Mas Eleonora achava sempre uma passagem entre duas encostas de neve e de pedra porque, antes de partir, ela tinha olhado o mapa com muito cuidado e calculado tudo de cabeça. Sem dúvida, lera seu horóscopo também. Heitor lembrou que o filósofo bigodudo chamava essa maneira de levar a vida de o Grande Estilo. E Eleonora tinha estilo, isso ninguém duvidava.

– O único problema é que não tenho muita certeza de onde aterrissar – disse ela.

A maior dificuldade de quem pilota um avião, ela tinha explicado, é o pouso. Eleonora sempre pensava na viagem em função da aterrissagem, assim como o filósofo dos imensos bigodes pensava que não tinham um Ser-no-Mundo realmente à altura a não ser pensando que ele um dia terminaria na morte e que, portanto, nosso Ser-no-Mundo era um Ser-para-a-Morte, se você entende o que ele queria dizer. Quem sabe essa idéia não ocorrera ao filósofo na crise da meia-idade, pensou Heitor... Verificaria, com certeza, mas isso só se Eleonora conseguisse pousar o avião.

Nesse momento, Eleonora queria passar por cima de uma grande montanha que avançava em direção a eles. Ela não deve ter encontrado nenhuma passagem e o avião, com muito esforço, se pôs a subir, fazendo um barulho nada confortante. A grande montanha parecia alta demais para ser ultrapassada. Thomas serviu rápido uma última taça de champanhe a Heitor e ele brindaram, cruzando os dedos. O avião entrou súbito no meio das nuvens e eles não viram mais nada e tiveram menos medo. Menos medo, mas não medo nenhum, porque embora não *sentissem,* eles *sabiam* que a montanha estava bem perto.

Eleonora tirou o gorro de pele e Heitor percebeu que ela tampouco parecia relaxada.

Depois, a nuvem dissipou-se, o avião voltou à posição horizontal e lá longe, à frente deles, entre as nuvens, avistaram um vale iluminado pelo sol.

– Pronto! – disse Eleonora.

Heitor olhou o vale, uma imensidão verdejante entre as montanhas. Compreendeu por que alguém que um dia conheceu aquele lugar a ele queria voltar para morrer.

Aproximavam-se. Heitor enxergou uma pequena aldeia e, um pouco mais no alto, nas primeiras encostas da montanha, um monastério. Depois, viu algumas pessoas, que observavam o avião, um menino que levava uma tropa de búfalos, monges de veste laranja que desciam do monastério por um caminho, mulheres de túnicas de todas as cores que lavavam tapetes no riacho.

Eleonora fez uma manobra mais à frente e Heitor e Thomas admiraram a fina arquitetura do monastério, a beleza dos tapetes que secavam ao sol e a gentileza das pessoas que lhes acenavam em boas-vindas. Heitor lembrou que os búfalos aqui chamavam yaks.

Tudo era maravilhoso, mas acharam menos maravilhoso quando perceberam que, se Eleonora dava voltas e mais voltas com o avião, não era para fazê-los admirar a paisagem, mas porque não via lugar para pousá-lo. E olha que ele estava dotado de patins como esquis para a neve e pequenas rodas no interior que se podia acionar, se necessário.

No fim do vale, viram um lago.

– Droga! – disse Eleonora. Teria sido melhor um hidroavião.

Mas, ora, observou Heitor, Eleonora devia ter pensado nisso antes de viajar, e escolhido um hidroavião! Mas ela explicou que o lago não estava no mapa.

– Podemos tentar pousar no lago – disse ela. Diminui o risco do choque. Mas para voltar...

Heitor imaginou-se fazendo todo o caminho a pé, entre aquelas montanhas gigantescas. Era impossível.

Pensou então que, de uma maneira ou de outra, iam todos terminar a viagem naquele belo vale.

Ele pensou com força em Clara.

Heitor e o vale perdido

Eleonora localizou uma clareira mais ou menos plana, bem perto do lago, e eles pousaram sem muito estrondo, o suficiente porém para assustar os yaks que se puseram a correr para todos os lados.

Uma pequena procissão veio recebê-los, gente da aldeia, monges, crianças e mesmo um ou dois yaks curiosos e confiantes, porque ali ninguém matava os animais.

Um jovem monge falava inglês. Explicou que aquela era a segunda vez que as pessoas e os yaks viam um avião. O último fora aquele que tinha trazido o monge, há uma semana.

– E como ele foi embora? – perguntou Eleonora.

O jovem monge mostrou o lago e Heitor compreendeu que o primeiro avião jamais decolara novamente. Mas tiveram tempo de salvar o velho monge.

Puseram-se a caminhar em direção à aldeia. Crianças iam e vinham, correndo e rindo, pois se aquele era o segundo avião que viam, eles eram os primeiros brancos que conheciam. Não se cansavam de olhar os olhos azuis de Eleonora. Heitor observou que as crianças, como seus pais, estavam vestidas com túnicas de lã, sem dúvida lã de yak. As mulheres eram tão belas como as inuits, mas maiores. Tinham as faces mais rosadas e os olhos mais claros e usavam belos colares incrustados de pedrinhas preciosas. Todos tinham sorrisos magníficos e ninguém ali jamais vira um dentista. E havia muitas crianças, porque as mulheres ali tinham o direito de ter quantas quisessem, ao contrário da outra parte das montanhas que tinha se transformado em China.

Heitor pensou que muito se comenta sobre o regime mediterrâneo, mas seria bom também estudar o regime daquele lugar, sobretudo porque, chegando à aldeia, ele mesmo estava se sentindo exausto depois daquela pequena caminhada. As crianças, porém, que devem ter corrido duas vezes a mesma distância, passando e repassando na frente deles, não pareciam nada cansadas, ao contrário de Thomas, que logo quis sentar-se e, se possível, beber algo. O jovem disse que poderiam beber no monastério, mas que era melhor se apressarem se queriam ver o velho monge. Não dava tempo de fazer turismo pela aldeia de casas de telhado de pedra, nem de conversar com aquelas pessoas encantadoras. Era preciso escalar um pequeno outeiro cheio de pedras que levava ao monastério. Heitor e Thomas estavam sem fôlego, mas Eleonora parecia agüentar bem.

– É a altitude – disse ela. Vocês não estão acostumados.

– Está tudo bem – disse Thomas, porque reconhecer que você é menos forte que uma moça sempre é irritante.

No monastério, passaram por várias salas das paredes recobertas por velhas pinturas em madeira que representavam demônios providos de grandes caninos lutando contra deuses muito belos que usavam brincos na orelha e também contra gente comum, mas às vezes contra macacos. Era muito mais complicado que isso, mas como o velho monge esperava, não tiveram tempo de olhar e nós também não temos tempo para explicar.

Viram monges ajoelhados cantando, e que não pareciam nada surpresos vendo Heitor, Thomas e Eleonora.

Depois, o jovem monge parou diante de uma antiqüíssima porta em madeira, na qual se via esculpida uma personagem coroada mantendo-se em equilíbrio sobre um pé e envolta por um grande aro, com o qual parecia brincar.

O jovem bateu e outro monge mais gordo e menos jovem veio abrir a porta.

Thomas e Eleonora fizeram sinal a Heitor: preferiam deixá-lo sozinho.

Heitor avançou.

Em um cômodo pequeno e nu, deitado de lado com a cabeça repousando em um travesseiro, o velho monge olhava para ele sorrindo.

Heitor, o velho monge e o tempo que passa

– Você entende – dizia o velho monge –, quando começaram a falar da minha idade, decidi que seria melhor desaparecer.

Heitor não disse nada, porque queria que o tempo inteiro fosse ocupado pela palavra do velho monge, pois parecia que não lhe sobrava muito tempo, pelo menos não nesse mundo.

– Essa gente toda... – disse o velho monge. Toda essa pobre gente que tem medo da morte. Ainda sou uma espécie de símbolo, entende? Então, achei que ao descobrirem a idade que tenho muita gente se precipitaria à minha religião como se isso lhes pudesse trazer a longevidade.

Heitor pensou, com efeito, em todas as pessoas de seu país que queriam a qualquer custo acrescentar anos aos anos e viver sua crise de meia-idade o mais tarde possível. Alguns já praticavam uns pedacinhos da religião do velho monge, assim como quem começa um regime mediterrâneo: para envelhecer menos rápido.

– Querer manter-se sempre jovem ou viver muito tempo seria a pior das razões para se aproximar de nossa religião – disse o velho monge.

Lembrou que o apego à vida terrestre era um grande entrave, tanto em sua religião quanto naquela de Heitor e, aliás, em quase todas as outras.

Heitor tampouco disse nada, porque ele próprio não era muito crente nem um bom praticante. E mesmo diante de um velho monge de uma religião diferente da sua, preferiria não confessá-lo. (Alguns dirão a você que a religião do velho monge não é bem uma religião e poderíamos discutir o assunto por muito tempo. Mas essas questões de definição não servem para muita coisa, como dizia o filósofo que Heitor tanto gostava, Pascal.)

Heitor terminou perguntando ao velho monge se aquela história de idade era verdadeira.

– Oh – disse o velho monge – pouca importa! O que achou do chá? Aqui, acrescentam manteiga e sorgo à erva.

Mas o velho monge sentiu que Heitor, mesmo sem ousar repetir a pergunta, gostaria muito de saber a resposta.

– Bem. Como sempre pareci mais jovem que a idade que eu de fato tinha, era muito fácil organizar a história do pai que desaparece e do filho pródigo e esquecido que retorna, numa época em que não havia muitas fotos nem televisão e em que eu era obrigado a me deslocar por aí muitas e muitas vezes. Isso me deu certa liberdade durante alguns anos... Tive tempo de fazer muita coisa.

O velho monge tossiu e levou um bom tempo para recuperar a respiração. Heitor queria fazer alguma coisa, mas sabia que não havia muito que fazer. O velho monge não ia querer que o cercassem de aparelhos de luzes piscantes.

– Enfim, tudo isso era necessário – disse o velho monge.

Heitor achou interessante descobrir que o velho monge tinha sido também um homem de ação, como Trevor e o general romano. Não pensara, ao contrário de muita gente, em "abandonar o barco". Não achava que devia retirar-se do mundo e passar seu tempo apenas em busca da serenidade, abandonando os engajamentos. Nem mesmo a compaixão pelos inimigos, ainda uma recomendação que se encontrava também na religião de Heitor, devia impedir contrariar suas ações nem a isso dedicar todos os esforços. Mas dava para ver que o tempo da ação já tinha passado para o monge.

– E de ser chefe de estação, o senhor gostou? – perguntou Heitor, para se sentir menos triste.

O velho monge deu uma risadinha.

– Ah, sim! Primeiro, foi a melhor maneira que achei para me esconder, sabe? Ficar bem visível. Nem você me reconheceu! E Trevor e Katharine, meus queridos amigos, também não! Mas eu não disse nada quando os vi, porque o lugar estava muito vigiado e, depois, eu tinha certeza de que nos reveríamos...

Heitor ofereceu um pouco de chá ao velho monge e ele bebeu mais um gole.

– E eu passei tantos anos longe do mundo, naquele monastério, e antes, claro...

Heitor lembrava que, antes, o velho monge tinha passado muitos anos em vários lugares em que queriam obrigá-lo a pensar corretamente. Para conseguir, prenderam-no por muito tempo, completamente sozinho. Mas o velho monge não pensava mais em todos esses anos passados entre quatro paredes. Agora sorria, contando suas lembranças de chefe de estação.

– Como o mundo mudou! Sobretudo as mulheres de seu país! Todo mundo viaja muito mais que antes. Ao mesmo tempo, percebi que a maioria de vocês não sabe bem o que procura. Dei-me conta que para muita gente no mundo a vida tinha se tornado algo que as distraía, e que podiam levá-la como uma avalanche permanente de novidades, como dizia um de seus filósofos: viagens, empregos e trabalhos que mudam o tempo todo, várias vezes na vida. Novos amores também. Compreendo que as pessoas tenham se tornado prisioneiras dessa esperança de renovação e de progresso permanente. Mas, então, envelhecer, deixar a vida e abandonar esse mundo cheio de promessas fica muito mais difícil. É duro de aceitar, bem ao contrário do tempo em que se vivia no campo, em um ambiente muito adverso e sem muitas mudanças ao longo da vida. Mas, agora... Vocês vão ter muito trabalho! – disse o velho monge com a risadinha de que Heitor tanto gostava.

Um pouco mais tarde, Thomas e Eleonora entraram e o velho monge disse a Eleonora que ela se parecia muito com Katharine quando tinha a sua idade.

Eleonora enrubesceu e depois perguntou ao velho monge se, em sua opinião, o presente e a eternidade eram a mesma coisa. E o velho monge disse que sim, de certo modo. O presente era a eternidade, e era também o nada, pois que se dissolvia ao mesmo tempo em que existia.

– É a eternidade, o nada e, ao mesmo tempo, tudo o que existe – explicou o velho monge, pois que nada existe fora do presente. E, claro, esse Todo é verdadeiramente tudo e, portanto, também você e eu e as nuvens e os yaks e as montanhas lá fora...

Fechou os olhos, estava muito cansado.

Heitor, Thomas e Eleonora olharam-se pensando que seria hora, talvez, de deixá-lo.

Mas o velho monge abriu os olhos e olhou para Thomas.

– Caro Thomas – disse ele. O kablunak-que-conta-rápido! Quer saber minha idade exata?

Thomas respondeu que preferia não sabê-lo, mas que gostaria de saber como o velho monge manteve-se tão jovem por tanto tempo.

– Bons cromossomos – respondeu o velho monge, sorrindo.

Depois, fechou os olhos e dormiu.

Heitor e a eternidade

Heitor voltou ainda uma vez para ver o velho monge. E mais outra, no dia seguinte pela manhã. No terceiro dia, o jovem monge disse a ele que não valia mais a pena.

Haveria uma cerimônia com todos os monges e as pessoas da aldeia e até com os yaks, que faziam parte do Grande Todo. Heitor teria gostado de ficar, mas Eleo-nora disse que com as nuvens que via chegando, se não partissem imediatamente, não saberia dizer quando poderiam viajar e talvez não fosse antes de chegar a primavera.

Como Heitor queria evitar passar longas semanas entre yaks, dialogando com Eleonora a respeito do tempo e da eternidade, porque sabia que apesar de todos os seus esforços não conseguiria manter a Visão Justa nem a Conduta Justa e tudo teria terminado debaixo de um cobertor de lã de yak, ele concordou prontamente. Viajariam imediatamente.

Correu para buscar Thomas. De fato, este já tinha achado tempo de descobrir a bebida local, uma espécie de leite de yak fermentado, e já tinha feito novos amigos entre os homens da aldeia que também tinham aprendido a dizer "çudji!". As mulheres que não eram casadas achavam Thomas muito divertido, como Heitor logo percebeu.

Thomas disse que ia ficar por ali.

– Você está louco? – perguntou Heitor. E os inuits?

Thomas respondeu que os inuits não precisavam mais dele. Agora, eram capazes de manter seu sistema de compra e venda sozinhos. De todo modo, ele voltaria com o próximo avião que chegasse por ali e, como balizaria uma boa pista, o avião não precisaria mais fazer pouso no lago. Assim mesmo, Heitor não entendia por que Thomas queria ficar naquele vale.

– Sempre atrás de novidades... – disse Thomas. Aqui, quem sabe, eu consiga enfim me recolher.

– Quer virar monge?

– Ah, isso não! – disse Thomas rápido. Não me sinto preparado para a coisa. Só quero mudar um pouco. E – disse ele mostrando as montanhas, os monges que desciam pelo caminho do outeiro, os yaks que passeavam calmamente – acho que isso tudo é útil para sentir bem o tempo, a eternidade, essas coisas todas.

Heitor achou que as razões de Thomas eram razoáveis. De qualquer modo, sempre poderia voltar para buscá-lo com Eleonora depois que passasse o inverno.

Caminhando para o avião, teve tempo de anotar em seu caderninho:

Exercício de tempo sem número: Tente sentir que o presente é a eternidade e que ele é tudo e nada ao mesmo tempo.

Heitor sabia que esse exercício era muito difícil, mas treinando um pouco todos os dias era possível praticá-lo. Ajudava bastante a conviver com o tempo que passa. Encontrou Eleonora, que parecia satisfeita. Ela tinha localizado um pequeno declive para poderem decolar. De fato, observou Heitor, era uma descida meio curta e bem depois de uma encosta que ele preferia não saber a altura.

– É caindo que tomaremos velocidade – disse Eleonora. Deve dar certo.

Quando o avião começou a descer, Heitor teve de pensar muito firmemente no velho monge que dizia que o apego à vida terrestre era um grande entrave, mas aqueles segundos lhe pareceram durar muito tempo. Depois, Eleonora corrigiu a posição do avião e eles ganharam altura acima das grandes montanhas douradas pelo sol.

Heitor olhou-as longamente, aquelas enormes e magníficas montanhas.

Pensando que só existiam naquele presente, Heitor sentiu por um breve instante a eternidade.

Heitor volta para casa

Quando Heitor encontrou o velho Arthur, perguntou a ele o que achava de todos os filósofos que pôde ler, ou reler.

– Obrigam a refletir – disse o velho Arthur, risonho.

Heitor lembrou que Eleonora tinha dito a mesma coisa.

– Arthur? Você está aí?

Uma mulher abriu a porta do consultório e mostrou a cabeça. Pelo ar do velho Arthur, Heitor entendeu o que o fazia tão alegre. Por uma vez, a mulher parecia ter a idade das mães das jovens que em geral Arthur gostava. Heitor pensou consigo mesmo que essa história tinha chance de se tornar o presente do futuro. Heitor pensou também que, se foi lendo filosofia que o velho Arthur tinha conseguido mudar sua maneira de amar, valia a pena consagrar-se a ela.

Heitor reviu seus pacientes e alguns já começavam a se impacientar, de tanto não vê-lo de volta. Acharam o tempo longo demais.

Rogério disse a Heitor que o tinha visto na televisão.

– Não sabia que ia ver os monges – disse Rogério.

– Não são exatamente os mesmos – disse Heitor.

– Quem disse? – retrucou Rogério.

E ele contou a Heitor que alguns tinham pensado que o fundador da religião de Heitor e de Rogério e aquele da religião do velho monge eram de fato a mesma pessoa que viera dar uma volta por esse mundo em duas épocas e em dois lugares diferentes. A cada vez, os habitantes de cada uma dessas regiões afastadas entre si narraram, cada qual a seu modo, essa passagem pela Terra. Misturaram também com suas religiões locais que, aliás, os endossou.

– A compaixão universal, mesmo com os inimigos, o desprezo pelos bens desse mundo, a idéia do fim dos tempos... – disse Rogério, decididamente muito em forma.

Heitor não sabia bem o que pensar disso tudo, mas prometeu fazer boas leituras a respeito quando tivesse tempo.

Depois, Rogério explicou que queria parar de tomar todos aqueles remédios e Heitor precisou atrasar todas as consultas daquele dia.

Mais tarde, Heitor recebeu Humberto. Heitor logo notou que ele estava muito feliz.

– Eu tinha razão em ter sempre acreditado em nosso amor! De fato, é como um cometa: ela foi embora, mas agora está de volta!

Heitor pensou que se levasse adiante aquela comparação com o cometa teria que dizer que a mulher de Humberto partiria novamente. Mas ele não disse nada. Queria que Humberto saboreasse o presente. Quem sabe conseguiria provocar um presente melhor, no futuro.

Fernando não tinha mudado nada. Simplesmente, ele agora tinha dois cachorros. Heitor levou um susto vendo que o novo cão de Fernando era da mesma raça de Nume. Pareciam gêmeos, de tão iguais. Aquele mesmo olhar claro que não abandonava Heitor...

– De certo modo, isso permite dobrar minha vida de cães – disse Fernando, grasnando um pouco.

Heitor percebeu que este era o riso de Fernando. Era a primeira vez que o ouvia rindo. Talvez Fernando fosse fazer novos amigos...

Heitorzinho disse que se aborrecia menos nas aulas.

– Por quê? – perguntou Heitor.

– Porque agora eu tenho uma amiga – respondeu Heitorzinho. E a gente troca uns bilhetes.

Heitor sentiu que Heitorzinho estava muito orgulhoso de trocar bilhetes com uma menina de sua idade. – E na escola, está tirando notas melhores? – você vai perguntar. Tudo bem, é uma boa pergunta. Mas, para ser feliz na vida, aprender a conversar com as meninas e a entendê-las não era pelo menos tão importante quanto ir bem na escola?

Sabrina parecia mais relaxada que da última vez.

– Finalmente, pedi um tempo parcial no meu emprego. Só trabalho meio período, agora – disse ela. Tenho muito menos pressão e mais tempo para as crianças. Claro, não é muito bom para a minha carreira. Mas meu marido disse que não se importa.

Heitor desejou a Sabrina que seu marido pensasse sempre assim e pensou que, decididamente, eram sempre as mulheres que assumiam mais riscos na vida.

Heitor pensou também que toda essa gente ia melhor desde que ele viajara. Isso provava, portanto, que podia viajar de novo.

E encontrou também Magda.

– Na verdade, depois que você foi viajar, eu o deixei. Quero dizer, deixei Paul.

– Mas, por quê? – perguntou Heitor.

Ele não entendia. Paul e Magda pareciam se dar muito bem.

– Estávamos os dois na mesma loucura – disse Magda. Mais, sempre mais. Entende o que quero dizer?

Heitor entendia perfeitamente.

– Não tenho vontade de mudar – disse Magda. Quero manter-me jovem o maior tempo possível. Mas gostaria de estar com um homem que não se preocupasse muito com isso. Do tipo intelectual, louco por seu trabalho e que não vai ligar quando o cabelo ficar todo branco ou quando criar barriga. Quer dizer, um pouco de barriga. Ou, então, do tipo caubói grisalho, preocupado com seus cavalos.

Heitor pensou que ele devia dar um jeito para que um dia, quando o cometa tivesse ido embora de novo, Humberto e Magda se encontrassem na sala de espera de seu consultório.

Heitor e Clara e...

O médico, um colega de Heitor, disse que o futuro bebê parecia em plena forma. Heitor olhou a fotografia que tiraram da barriga de Clara e pensou que aquela era uma excelente prova de que o tempo não era uma criação dos humanos, pois seria preciso tempo para que o bebê se tornasse maior e se desse conta do tempo que passa. E até, por que não, para que começasse a aprender alemão e se decidisse a escrever livros de filosofia a respeito do tempo.

Clara olhou a foto e disse:

– É incrível como parece com você.

– Como assim? – perguntou Heitor surpreso. Ele não entendia por que isso seria assim tão incrível!

– Não – disse Clara. Quis dizer que ele já se parece com você!

Heitor sabia que em alguns momentos o bebê se pareceria mais com Clara e em outros com Heitor e que um dia ele seria ainda jovem quando ele e Clara já não o fossem.

Pensou também que tinha esquecido um exercício de tempo muito importante.

Heitor pegou seu caderno e anotou.

Clara olhou por cima de seu ombro e morreu de rir.

A eternidade, pensou Heitor, que esse instante se torne a eternidade.

Heitor no jardim

Heitor passeava em um jardim. O céu era de um azul profundo, com pequenas nuvens brancas bem alinhadas como em uma bela tapeçaria.

Seguia por um caminho ladeado de hortênsias gigantes e outras flores que ele não sabia o nome. Ao longe, via alguém caminhando em sua direção. Era o velho monge.

O velho monge segurava algo na mão e Heitor reconheceu seu caderninho! Embora soubesse que o monge sempre dizia o que tinha para dizer de modo muito gentil, Heitor estava um pouco inquieto com o que o monge tinha achado de seus pequenos exercícios.

Puseram-se a caminhar, os dois, e Heitor cuidava para não andar rápido demais.

O jardim não tinha limite nem fim, Heitor percebeu. Via, ao longe, gente passeando por outros caminhos, pequenas alamedas em flor, ou descansando à sombra de uma árvore.

– Onde estamos? – perguntou Heitor.

– Num lugar da sua religião – disse o velho monge.

– Mas no meu sonho também – disse Heitor.

– Como saber? – disse o velho monge... Li seus exercícios de tempo. São interessantes. Você avançou muito bem.

– Obrigado – disse Heitor. Mas tenho a impressão de que não alcancei a visão do conjunto.

– É normal – disse o velho monge. Você é ainda tão jovem...

Sentaram-se os dois num banco de pedra à sombra de uma hortênsia gigante.

– Há dois níveis – disse o velho monge.

Heitor estava muito feliz. Sabia que o velho monge lhe diria coisas interessantes.

– O primeiro nível – disse o velho monge – é o que vocês praticam em sua civilização. É tudo o que se relaciona à organização do tempo, à idéia de não perder tempo e também, é claro, à vontade de permanecer jovem o maior tempo possível. E, para isso, vocês têm centenas de livros para ajudá-los.

– É útil? – perguntou Heitor.

O velho monge deu aquela risadinha que Heitor gostava tanto.

– Enquanto não se ultrapassa esse nível, melhor cumpri-lo o melhor possível – disse o velho monge.

Heitor pensou que Paul, Magda e muitos outros ficariam contentes em saber que seus esforços não pareciam ridículos aos olhos do velho monge.

– Claro – continuou o velho monge – isso não prepara ninguém para envelhecer nem para morrer. De qualquer modo, isso é algo que não se pode evitar.

– E o segundo nível? – perguntou Heitor.

O velho monge sorriu.

– Lembra-se de seu último exercício? Sentir que o presente é a eternidade... Sempre estamos no hoje.

– Sim – disse Heitor.

– É uma via de entrada – disse o velho monge. Mas nem todo mundo é talhado para isso...

Eis o que Heitor gostava no velho monge: não pretendia obrigar ninguém a ver as coisas como ele as via.

– ... E quanto ao desapego à vida – disse ele –, de tanto querê-lo, pode-se terminar apegado em excesso ao desapego...

Isso lembrou a Heitor o que tinha dito a Eleonora a respeito daquele seu desejo de querer escapar ao tempo. Podia se transformar também em uma prisão.

– Então? – disse Heitor.

– Gostei muito da frase que diz que devemos mudar o que pode ser mudado, aceitar o que não pode e aprender a diferenciar as duas coisas.

– Não é minha – disse Heitor.

– Sim, eu sei, mas é um ótimo exercício. Para fazer todos os dias. Desapego, sim, mas não inação.

Desapegar-se do mundo, mas não deixar de agir!, pensou Heitor. Eis uma frase excelente para concluir seus pequenos exercícios.

– Mas ainda não é tudo – disse o velho monge.

Ora! – pensou Heitor. Ainda não tinha encontrado uma conclusão para fazer frente ao tempo que passa.

– E então? – perguntou Heitor

O velho monge sorriu.

– Você ainda precisa refletir um pouco mais, meu caro amigo. Agir, é verdade, mas por quê? E por que não a inação?

Heitor não encontrava resposta.

– Muito bem. Até logo, com certeza – disse o velho monge.

E o velho monge foi-se, serenamente. Heitor percebeu que ele tinha deixado seu caderno em cima do banco. Anotou:

Desapego, sim, mas não inação.

Como aconselhara o velho monge, ele continuou a refletir.

Agir, mas por quê?

Pensou em Thomas. Tinha se tornado menos impaciente ocupando-se com os inuits. Depois, pensou na foto de Trevor e de Katharine entre as crianças na selva. Lembrou Eleonora, sempre contente por conduzir as pessoas em seu avião. Pensou também em Ying Li, feliz, olhando seu filho ou vendo sua mãe e suas irmãs na casa bonita.

O segundo nível! Achei!

– Você fala dormindo, agora? – disse Clara.

Mais tarde, Heitor deu-se conta de que tinha esquecido o final de seu sonho. Não conseguia lembrar a idéia que lhe fez gritar: "Achei!"

Mas, se leu bem esse livro, você já adivinhou o que era.

Do mesmo autor, publicados pela Sá Editora

A viagem de Heitor à procura da felicidade

Heitor é um jovem psicanalista que não anda muito contente. A maioria de seus pacientes está sempre insatisfeita, embora aparentemente eles tenham tudo para estar felizes... Para ajudá-los ele decide empreender uma grande viagem para entender o que é a felicidade e, sobretudo, como alcançá-la. De cada uma de suas aventuras, sempre resulta uma lição que amplia sua visão do conceito de felicidade.

Heitor e os segredos do amor

Depois de sua viagem à procura da felicidade, nosso psiquiatra falsamente ingênuo, se lança em outra aventura: a pedido de um grande laboratório farmacêutico, ele parte à procura de uma fórmula capaz de fazer um casal se apaixonar perdidamente e de forma duradoura! Se de fato essa fórmula existe, o mundo assistiria a uma verdadeira revolução: adeus à paixões sem reciprocidade!

Visite o nosso site e conheça nosso catálogo:
www.saeditora.com.br

Esta obra foi composta por Eveline Teixeira em Garamond
em papel chamois bulk dunas 90g/m^2 fornecido pela
Click Papel e impressa pela Bartira Gráfica
para a Sá Editora em outubro de 2007.